너의 바다

목차

"여기요! 맥주 좀 더 주세요!"

"네! 엄마 3번 테이블 맥주 하나!"

"어~ 알겠어."

시끄럽고 사람이 북적거린다. 가게 안에는 음식 냄새가 진동한다. 나는 엄마 가게를 도와주고 있다. 학교가 끝나고 바로 가게로 가면 엄마는 정신없이 음식을 만들고 서빙하고 있다. 그때 나는 책가방을 가게 구석 한 곳에 던져두고는 얼른 앞치마를 메는 것이 하루의 끝이다. 친구들이 학교가 끝나고 맛있는 것을 먹으러 가곤 하는데, 나는 거기에 낄 수가 없다. 친구들은 항상 설득하지만 난 어쩔 수 없이 거절하는 것이 일상이다. 여기는 바닷가 근처이고 시골이지만 꽤 프랜차이즈 가게도 많다. 가게에 열어놓은 문밖을 보면 철썩거리고 잔잔한 바다만이 보일 뿐이다. 밤 11시가 되면 나는 집으로 가서 샤워하고 침대에 엎어지기 일쑤이다. 아빠가 직장에서 돌아오면 엄마와 같이 새벽 1시까지 가게를 이어서 운영하신다. 나는 아빠가 대단하다고 생각한다. 어떻게 바로 가게 일을 할 수 있을까? 샤워를 했지만, 내 곁에는 해산물 냄새가 난다. 그럴 때면 나는 향기가 좋은 바디크림을 덕지덕지 바른다. 방에 불을 끄고 조용히 침대에 누워있으면 머리맡에 있는 창문에서 바다가 철썩거리는 소리만 들린다. 인스타에 들어가자 친한 친구 중 소원이는 남자친구와 학교 앞에 있는 바다에 가서 찍은 사진을 올렸다. 멍하니 사진을 바라보다 조용히 좋아요를 눌렀다. 주말이 되고 이른 아침에 일어나 가게로 향했다. 벌써 엄마는 가게 영업을 준비하고 계셨다.

"엄마 내가 도와줄게."
"주말인데 더 자~"
"아냐 얼른 도와줄게."
엄마는 능숙하게 해산물을 손질하고 있다. 나는 쪼그려 앉아서 구경하던 중 조심스레 입을 뗐다.
"엄마.."
"응?"
"우리 알바 구하는 건 언제?"

엄마는 대답 없이 손질만 이어갈 뿐이다. 그리고 손질한 해산물을 박박 헹구다가 수도를 잠그자 물 내려가는 소리가 쪼르르 났다.

"그래 너도 힘들고, 네 아빠도 힘들고."

그 순간 공기는 텁텁했다. 난 엄마가 어떤 마음으로 말하고 있는지 알지만, 지금까지 너무나도 힘들었다. 누가 나에게 이 기적이라고 해도.

 드디어 우리 가게 앞에 구직 포스터를 붙이게 되었다. 엄마가 바빠서 내가 면접까지 떠안게 되었지만, 그래도 행복했다. 놀랍게도 아르바이트생은 쉽게 구해졌다. 하지만 힘든 일 때문인지 얼마 안 가서 그만두었다. 면접을 여러 차례 보는 것에 질린 나는 제발 이번엔 오랫동안 일할 사람에게 연락이 왔으면 좋겠다고 생각했다. 오늘도 바쁘게 가게 일을 돕고 샤워하고 젖은 머리를 수건으로 감싸며 방 침대에 앉았다. 미처 감싸지 못한 머리카락에서 물이 한 방울씩 이불에 떨어지고 있지만, 몸이 힘들어서 그런지 신경 쓰이지 않았다. 인스타를 보고 있는데 모르는 번호로 전화가 왔다. 누구일지 생각하다가 알바 지원 전화라고 생각해 전화를 받았다.

"아르바이트 지원하려고 하는데요."
"네! 면접 봐야 하는데 언제가 편하세요?"
"내일 오후 5시요."
"네 그때 가게에 오시면 됩니다."
"네."

목소리가 차분하고 진중해서 느낌이 달랐다. 이번에는.. 진짜다! 내일 학교가 끝나자마자 가게로 달려갔다. 엄마 일을 조금 돕다가 어떤 남자 한 명이 문 앞에 서 있었다. 나는 다가가 조심스럽게 말을 걸었다.

"어떻게 오셨어요?"
"저 아르바이트 면접이요."
"아! 2층으로 올라가 계시겠어요? 저도 곧 갈게요."

그 남자는 가볍게 고개를 끄덕인 뒤 2층으로 올라갔다. 엄마에게 면접을 보겠다고 한 뒤 앞치마를 벗고 2층으로 올라갔다. 그 남자 앞에 앉아서 면접을 진행했다. 이름은 송영찬, 나이는 나와 같은 18살이었다. 아르바이트 경험이 되게 많았다. 그래서 나는 일을 가르치기 편하겠다고 생각했다.

"혹시 바로 내일부터 가능할까요?"
"네. 가능합니다."

영찬이가 가고 엄마에게로 가서 면접 결과를 말해드렸다. 엄마는 마늘을 까며 말씀하셨다.

"싹싹해 보이더라. 일 잘해 보여."

나도 엄마의 말에 동감한다. 이제껏 느낄 수 없는 분위기가 팍 들었다. 그렇게 깊은 기대를 하고 잠이 들었다. 분명히 잠이 들었다고 생각했다. 몸이 둥실둥실 떠다니는 느낌이다. 난 어디로 흘러가는지, 오랫동안 물결이 내 피부를 스치고 지나갔다. 눈을 살며시 뜨니 난 잔잔한 바다 한가운데 누워있었다. 일곱 가지의 빛 속에 일렁이고 잔잔한 파도에 돌고래도 있었다. 갑자기 물기둥이 솟아오르더니 날 적셨다. 돌고래는 그런 내 모습이 웃겼는지 킥킥 웃어댔다. 순간의 숨 막힘, 눈이 보이지 않아서 무서웠다. 손으로 얼굴을 쓸어내렸다. 계속해도 얼굴에 물방울이 가득했다. 그때 누가 내 손목을 잡는 느낌이 드는 순간 잠에서 천천히 깨어났다. 아직도 손목에 느낌은 생생했다. 순간 귀신이 내 손을 잡고 있는 건가, 이상한 생각이 들 정도였다. 심지어 귓가에는 돌고래 소리도 들렸으니 말이다. 그 후 쉽사리 잠이 들지 못했다. 답답한 마음에 집 앞 바닷가로 나왔다. 모래 위에 쪼그려 앉았다. 깜깜한 어둠 속 가로등 불빛을 품은 바다는 잔잔했다. 내가 할 수 있는 건 그저 바라보는 것이 전부였다. 바람이 많이 불지 않았고, 그렇게 춥지 않은 날씨에 바다를 보며 생각에 잠겼다. 물이 흘러가듯 내 시간도, 생각도, 마음도 저 멀리 흘러가는 듯한 느낌이 들었다. 한참을 그러고 있다가 문득 이 넓은 바다에 나 혼자라는 것을 자각했다. 그때부터 무서움이 몰려왔다.

"괜찮아. 아무것도 아니야."

정말 이 말은 도움이 되지 않는 말이다. 사실은 괜찮지 않으면서 애써 자기 자신을 착각하게 만드는 말 중에 하나라는 것을 알면서도 할 수밖에 없다. 이러한 상황에 눈물이 나왔다. 한참 눈물을 닦고 있는데, 누군가 내게 다가왔다. 그 사람은 내 어깨에 외투를 덮어주었다. 그리고 내 옆에 앉았다. 자세히 보니 도현이였다. 도현이는 우리 반이다. 사실 여태까지 말을 섞어 본 적이 없다. 도현이는 평소에도 말수가 없었고 진중한 성격이라 다가가지 못했다.

"... 안 자고 왜 여기 있어?"
"...... 그럼 넌? 왜 여기 있어?"
"그냥 답답해서. 바다를 보면 생각이 정리되니깐 왔지."
"그렇구나."

우리는 한참 얘기를 나누었다. 그러다 보니 안정감이 생겼는지 몰라도 잠이 든 것 같다. 깜짝 놀라 일어나보니 나는 내 방에 있었다.

"뭐야.. 꿈이었네."

학교 갈 준비를 마치고 옷장을 열어보니 처음 보는 외투가 걸려있었다. 자세히 보니 도현이의 외투였다. 나는 외투를 챙기고 빨리 학교로 달려갔다. 사실 달려가며 '이게 꿈이 아니면 난 어제 어떻게 집에 들어왔지?'라는 생각이 머릿속을 가득 채웠다. 학교에 들어가 보니 도현이가 있었다. 난 도현이 앞 자리에 앉아 도현이를 쳐다보았다. 도현이도 나를 뻔하니 쳐다보았다. 반응을 보니 내 착각인지 의심이 들었다.

"이 외투, 네 거야?"
"아.. 응"
"나 어제 집에 어떻게 들어갔어?"

"......"
"왜 뭔데.."
"그냥 잘 들어갔어."

저건 거짓말이다. 날 똑바로 바라보던 눈이 나를 피하고 있고 목소리도 당황한 듯했다. 도현이는 잘 들어갔다고 대충 얼버무리며 화장실로 갔다. 기억하려 노력해도 기억이 나지 않는다. 누가 기억을 잘라간 듯 그 부분만 뚝 끊겨있다. 온종일 도현이를 붙잡고 물어봐도 도현이는 계속 피하기만 했다. 찝찝한 상태로 가게에 가니까 영찬이가 먼저 와서 일을 하고 있었다. 별로 가르쳐 주지도 않았는데 능숙하게 일을 하는 모습에 힘이 났다. 나도 얼른 앞치마를 입고 서빙을 했다. 점점 손님이 없어지고 숨을 돌릴 수 있었다. 나는 냉장고에서 음료수를 꺼낸 뒤 영찬이에게 건넸다. 영찬이는 고맙다고 말한 뒤 음료수를 벌컥벌컥 마셨다. 나도 한숨 돌릴 겸 가게에 틀어져 있던 텔레비전을 보고 있었다.

"그 바다는 처음이지?"
"응? 어떤 바다?"
"그래 보이긴 하더라."
"그게 무슨 말이야?"

나는 영찬이를 바라보았다. 혹시 내 꿈에 나왔던 바다에 관해서 아는 건지, 너무 궁금해 미쳐버릴 것만 같았다. 계속해서 영찬이를 바라봤다. 하지만 미동도 전혀 없었다. 영찬이는 아르바이트가 끝날 때까지 아무런 말도 하지 않았다. 집으로 돌아가려고 하자 나는 무작정 나는 영찬이를 불러세웠다.

"난 도대체 무슨 말인지 모르겠어!"

내 말은 들은 척도 안 하고 뒤도 돌아보지 않았다. 그저 앞으로만 갔다. 철썩거리는 바닷소리와 바다 냄새가 풍겨온다. 그 날밤 아주 힘겹게 잠이 들었다. 영찬이가 했던 말이 나에게서 떨어지지 않고 나를 괴롭혔다. '그래 보이더라.'라는 말이 다른 사람에게는 쉽게 잊히고 아무런 의미도 없는 그런 말이지만 왠지 지금은 쉽게 잊히지 않았다. 눈물도 흘렸다가 화도 내봐도 나 혼자 하는 바보 같은 행동이다.

 쏴-
들려오는 물소리와 새소리, 풀잎이 흔들리는 소리에 깨어났다. 하지만 내가 들었던 소리와는 다르게 주위엔 바다로 꽉 차 있었다. 사람도, 모래도 그 아무것도 없고 공허한 공간에 청량하게 빛나는 바다만 있을 뿐이다. 나는 그곳에서 일어나 저벅저벅 걷기 시작했다. 그러다 어제 나를 보고 웃던 돌고래가 보였다. 돌고래는 내 주위를 몇 바퀴를 돌더니 내 발 앞에서 멈췄다. 그러고는 나를 물끄러미 쳐다보았다.
"바보-"
돌고래가 말을 해서 깜짝 놀라 뒤로 넘어졌다. 그 모습을 본 돌고래는 또 킥킥 웃어댔다. 수치심이 몰려와 돌고래에게 화를 냈다.
"너 뭔데 자꾸 웃는 거야?"
돌고래는 신경 쓰지 않는다는 표정이었다. 무서워졌다. 빨리 잠에서 깨어나고 싶었다. 그래서 꼬집어보기도 하고 눈을 감았다 떠도 그대로였다. 하지만 내가 진짜 여기에 있다는 듯 꼬집던 부분은 아프고 빨개졌다. 주변을 살펴봐도 잔잔하게 흘러가는 바다뿐 여기서 난 할 수 있는 게 없다. 돌고래 옆에 앉아 먼 곳을 바라본 지 오래되었다. 지금이 몇 시인지, 밤인지 낮인지도 모르겠다.

"돌고래. 너 뭔가 알고 있는 거야?"

돌고래는 모른다는 듯 가만히 있었다. "모른 척하기는." 또 한참의 시간이 흘러갔다. 이제 지친다. 나는 옆으로 누웠다. 옷에 스며드는 바닷물은 내 살에 닿아 차갑게 만들었다. 너무나도 차가웠지만, 눈을 감고 이 상황을 무시했다. 그리고 눈을 떴더니 내 방이었다. 아직도 물에 있는 것처럼 팔에는 물결이 스치는 느낌이 났다. 나는 몸을 일으켜 앉아 팔을 매만졌다. 새벽 시간이라 창문 밖에 바다는 더 파랗게 보였다.

"하…"

요즈음 난 이 꿈을 자주 꾸고 있다. 그곳에서는 뭐하고 시간을 보내야 할지 갈피를 잡지 못하겠다. 복잡해진 마음을 가지고 책상 앞에 앉아 스탠드 조명을 켰다. 열어놓은 창문에서 차가운 공기가 들어왔다. 추워져서 창문을 닫으려고 일어나는데, 바다에 누가 있었다. 생각에 잠긴 듯 보였다. 나는 홀린 듯이 계속해서 바라보았다. 철썩거리는 파도 소리, 시원한 공기를 마시며 잠시 어딘가로 떠난 것 같다. 그러다가 언제부터 바다에 있던 사람이 나를 쳐다보는 느낌이 들어서 화들짝 놀라 창문을 닫고 조명도 껐다. 그리고 다시 잠이 들었다. 아침이 되고 나는 학교 프로젝트를 위해 학교에 일찍 갔다. 선생님께서 가지고 오라시던 비커를 가지고 오기 위해서 과학실로 향했다. 당연히 아무도 없을 줄 알았던 과학실에는 영찬이가 있었다. 영찬이는 과학실에서 공부하고 있었다. 나와 영찬이 사이에 어색한 공기가 흐르고 나는 그냥 나올까 고민하다 인사를 건넸다.

'안녕..'

영찬이는 나를 쓱 보고는 다시 문제집을 푸는 데 집중했다. 나는 머쓱해져서 빨리 비커를 찾고 있었다. 내가 계속 달그락거리자, 영찬이의 관심을 끌었는지 내 곁으로 왔다.

"뭐 찾는데?"

"응? 아.. 비커 찾고있어."

"그거? 여기 없어 저쪽 안쪽 찾아봐."

영찬이는 저 안쪽 캄캄한 공간을 가리켰다. 너무 캄캄해 들어가기 싫은 곳이었다. 하지만 선생님께서 기다리시니깐 어쩔 수 없이 들어갔다. 전등을 켜려고 스위치를 눌렀는데 불이 들어오지 않았다. 핸드폰의 플래쉬를 의지한 채 비커를 찾아다녔다. 그리고 안쪽 구석에 모아져 있는 비커들을 찾았다. 비커를 한쪽 팔에 끼고 하나는 손에 들고 나가려는데 뒤를 돌자, 영찬이가 서 있었다. 너무 깜짝 놀라 비커를 놓칠 뻔했다.

"왜 인기척도 없이 여기 있어?"

"무서워하는 것 같길래."

"어 맞아.."

"내가 뒤로 가줄 게 먼저가."

새삼 영찬이가 배려가 이렇게 많았나 생각하게 되었다. 어두운 곳을 나와 환한 빛을 보니 안심이 되었다. 나는 책상에 비커를 놓았다.

"근데 저번에 그 말 무슨 뜻이야?"

"너 얼른 가봐야 하지 않아?"

내가 이 질문을 하려고 할 때마다 미꾸라지처럼 쏙쏙 빠져나가는 영찬이의 말에 너무 답답했다. 지금 빨리 가봐야 하니 그냥 비커를 챙기고 나왔다. 온종일 프로젝트에 매달리느라 진이 다 빠졌다. 비커를 다시 돌려놓으려고 다시 과학실로 향했다. 학교가 끝난 지 한참 됐으니 영찬이가 없을 거라고 생각했다. 문을 열자 아침 그대로 그 자리에 영찬이가 있었다.

"뭐야? 너 알바 안 갔어?"

"응 오늘 오지 말라고 하시던데?"

"아 맞다. 오늘 엄마 어디 가신다고 하셨지."

나는 안쪽으로 들어가려고 했는데, 여전히 무서웠다. 문제집을 풀고 있는 영찬이를 한 번 바라보았다가 그냥 들어가기로 결심하고 천천히 한 걸음씩 걸어갔다. 무서운 마음에 플래쉬키는 것도 깜박하고 앞으로 걸어갔다. 그리고 가던 길을 멈춰서 그 자리에 가만히 섰다. 눈을 감고 잠시 생각했다. 크게 숨을 쉬고, 뱉었다. 그리고 다시 돌아갔다. 나는 걸어가서 영찬이 앞에 앉았다.

"왜 말 안 해주는 건데?"

"하.. 진짜 끈질기다."

"그 바다 너도 알고 있잖아."

내가 던진 한마디에 영찬이가 살짝 멈칫했다. 오늘은 이 모든 상황을 알 수 있을 것만 같은 느낌이 들었다. 귓가에 쿵쾅대는 소리가 크게 들려왔고 정신이 띵- 하는 느낌에 금방이라도 쓰러질 것만 같았다. 영찬이는 문제집을 가방에 넣었고 나가려 했다. 나는 영찬이보다 빨리 걸어가 앞을 막았다. 그리고 오른쪽 손목을 덥석 잡았다.

"이 팔찌 그때 내 손을 잡았던 손목에 있었던 팔찌야."

"···."

"말해주면 안 돼?"

한숨을 크게 내쉬는 소리가 과학실을 꽉 채울 것만 같이 컸다. 영찬이는 팔에 있던 팔찌를 빼고 내 손에 쥐여주며 그대로 과학실을 나갔다. 나는 어이가 없었다. 이게 이렇게까지 할 일인가 싶었다. 터덜터덜 집으로 돌아가는 길에 영찬이가 나에게 쥐여준 팔찌를 찬 손을 뻗어 햇빛에 비춰보니 반짝반짝 빛났다. 신비한 느낌이 가득했다. 하루를 마무리한 뒤 잠을 잤다. 뭉게뭉게 구름 안에서 깨어났다. 앞이 안 보여서 손으로 휘휘 저어가며 앞으로 향했다. 걷다 보니 어느새 안개는 없어지고 예쁜 푸른 바다를 발견했다. 여기가 실존한다면 사람들이 많이 왔을 법하게 너무나도 아름다웠다. 저번처럼 춥고 외로운 느낌이 들지 않았다. 오히려 따뜻하고 포근했다. 시원한 공기를 들이마시고 있는데 앞에 돌고래가 있었다. 나는 돌고래 앞에 섰다. 발에 찰랑찰랑하고 시원한 물이 닿아 너무나도 즐거웠다. 내가 물에 발을 담그자마자 돌고래는 내 주변을 빙빙 돌기 시작했다.

"눈 감아봐."

"너 행운을 받은 아이구나."

"응? 행운."

"응. 너에게 행운의 기운이 넘쳐."

돌고래의 말을 끝으로 자동으로 내 눈이 감겼다. 다시 뜨니 앞에 영찬이가 있었다. 무언가 말하는 것 같았지 전혀 들리지 않았다. 숨이 턱 막힌 느낌이 들었다. 깜짝 놀라며 잠에서 깼다. 기억이 사라진 듯 아무것도 남겨진 게 없는 것 같았지만 무언가 거기서 신나게 시간을 보내고 좋은 느낌이 남아있다. 들뜬 심장은 고요한 바닷속으로 잠잠해져 갔다.

 이상하게 영찬이가 팔찌를 준 다음 날부터 팔찌를 차고 있는 손목이 아프기 시작한 것 같다. 수행평가 준비 때문에 손목이 아픈 거겠지- 하고 대충 넘겨보아도 자꾸 신경 쓰인다. 그래서 파스 2장을 손목을 둘러 붙였다. 그날 학교에서 점심을 다 먹고 책상 정리를 하고 있는데, 도현이가 살며시 내 옆으로 왔다. 나는 의식하지 않으려 애썼지만 결국 도현이에게 말을 걸었다.

"할 말 있어?"

"어. 꼭 해야 할 것 같아서."

진지한 도현이의 말에 자동으로 침이 꿀꺽하고 삼켜졌다. 피가 갑자기 확 도는 느낌도 나는 것 같다. 학교가 끝나고 나랑 도현이는 카페로 갔다. 뭐가 다급한지 카페로 걸어가는 발걸음이 빨랐다. 도현이는 커피가 나오자마자 목이 탔는지 급하게 먹었다. 그러자 사레가 들려 기침을 했다. 휴지를 두 장을 뽑아서 건네주었다. 도현이는 고맙다고 하며 숨을 크게 들이쉬고 뱉었다.

"안 믿을 것 같아서 그동안 말을 못 했어."

"뭔데?"

"근데 오늘, 네 손목을 보고 말해야겠다 싶었어."

"…."

"내 말 믿어줄 수 있어?"

"응. 믿을게."

그러니까 우리가 밤에 바닷가에서 만났을 때-

 우리가 바닷가에서 한창 얘기하고 있었을 때, 난 계속 얘기를 하고 있었어. 그러다 나도 모르게 잠이 들어버렸어. 내가 일어났을 때 너와 나는 깊이가 깊지 않은 바닷속에 누워있었어. 하얀 벽인지, 안개인지 모르게 주변은 온통 흰색이었어. 난 너무 당황해서 너의 어깨에 손을 올리고 깨웠지만 너는 어떠한 미동도 없었어. 그때 어떤 남자가 나타났어. 갑자기 우리 쪽으로 걸어오더니 네 앞에 쭈그려 앉아 너를 쳐다보았어. 그러고는 알 수 없는 말을 늘어놓더니 너를 안고 어딘가로 걸어갔어. 그 순간 난 깨어났어. 우리가 얘기했던 그 바닷모래 위에서. 하지만 옆에 있던 넌 없어졌어. 믿기지 않지? 하지만 진짜야. 나도 처음엔 내가 망상증에 걸린 줄 알았어. 나도 모르게 착각하고 망상해서 가짜로 만든 상황이었을까? 하고. 네

16

가 그다음 날 내 코트를 주는 거야. 그때부터 무서워졌어. 사실 이 상황이 이상하잖아. 이런 일이 현실에서 일어날 수 없는 일이니깐.

"얘기해 줘서 고마워."

"너 설마 내 얘기를 믿는 거야?"

"응. 난 네가 어떠한 말을 해도 믿었을 거야. "

나는 도현이를 뒤로하고 카페에서 나왔다. 나오자마자 씁쓸한 마음이 스멀스멀 올라왔다. 너무 쓰다. 아프고. 왜 이런 마음이 드는 거지?

"엄마 이제 편하겠다."

최근 우리 집이 방송을 타고 맛집이 되어서 손님들이 많이 오게 되었다. 엄마는 나와 영찬이가 힘들겠다고 생각하셨는지 성인 아르바이트생을 많이 구했다. 우리는 이제 가게에 일을 도우러 오지 않아도 되었다. 엄마도 좋으신지 입가에 웃음이 가득했다. 나도 그동안 친구들이랑 함께하지 못해서 내심 속상했는데 이제야 할 수 있어서 좋았다. 나는 학교 축제 시즌이라 물감이 필요해 미술실에 갔다. 문을 열었는데, 애들 사이에서 잘생겼다고 말이 많이 나오는 선배가 계셨다. 나는 그 얘기에 동감을 못 하고 있었다. 하는 행동도 엉뚱하고 드라마에서 여자를 배려하는 장면을 따라 하곤 했으니 말이다. 그 선배는 나를 보고 밝은 목소리로 무엇을 찾냐고 물어보셨다.

"뭐 찾는 거 있어?!?"

"아. 물감이요."

"물감!? 잠깐만 내가 찾아줄게!"

"네? 감사합니다."

선배는 나에게 물감을 건네주셨다. 그리고 앞에 앉으라는 손짓을 하셨다. 나는 멀뚱하게 있다가 황급히 선배 앞에 앉았다. 선배는 나에게 이것저것 물어보셨다. 나는 선배님 말에 답변하다 핸드폰을 보고 얼른 가봐야 한다고 얘기했다. 선배님은 나를 불러세웠다.

나와 대화한 것이 재미있으셨는지 메신저를 알려달라고 하셨지만, 거절하였다.

"그럼 이름이라도 알려줘!"

"하서연이에요."

나는 물감을 챙기고 미술실에서 나왔다. 축제 준비를 마무리하고 밖이 캄캄해질 때 집으로 돌아갔다. 집으로 돌아와 남은 하루를 잘 보낸 뒤 침대에 누워 좋아하는 노래를 틀고 눈을 감았다. 한참이 지났을까. 방금 내 귓가에 잔잔하게 들려오던 노랫소리들이 기괴하게 일그러져 갔다. 눈이 너무 무거워서 뜰 수 없었다. 계속해서 노랫소리는 일그러져 가다 한순간에 정적만이 남겨졌다. 나는 가위가 풀렸다는 생각에 눈을 뜨자, 난 예쁜 해변 한가운데에 서 있었다. 뜨거워진 모래를 맨발로 밟으며 구경했다. 그때 누가 내 어깨를 톡톡 두드렸다. 미술실에서 만났던 선배님이었다.

"선배님?"

"서연아. 여기서 만날 줄이야."

이 말을 뱉을까 말까 고민했다. 선배님은 이곳이 꿈이라는 것을 모르실까? 아니 근데, 내 꿈속에 선배님이 나오셨는지 의문이었다. 나는 한참을 고민하다 선배님께 조심스럽게 전했다.

"선배님 이거 꿈이에요."

"응?"

"여긴 현실이 아니에요. 꿈이라고요."

내 말이 끝나자마자 빠르게 발부터 물이 차오르기 시작했다. 나는 당황해서 뛰어봐도 물은 나를 쫓아왔다. 뛰다가 넘어져 앞을 보니 거대한 파도가 나를 집어삼킬 것 같았다. 그런데 갑자기 바다는 비가 되어 흩뿌려졌다. 선배가 걱정되어 이리저리 살펴보았지만, 선배님은 그 어디에도 없으셨다. 나는 멍한 마음으로 눈을 감았다. 그랬더니 내가 앉아있던 그 자리에 물결이 살랑거렸다. 이번에는 꿈에서 깨고 싶었는데 또다시 바다로 왔다.

"진짜 바보냐?"

누군가에 목소리에 찌릿하고 반응이 왔다. 그렇게 놀랄만한 것도 아니었지만 내 심장은 덜컹거렸다.

"야 송영찬."

눈을 감고 있어도 알 수 있다. 왜 그런지는 알 수가 없다. 그저 내 느낌이다. 이번엔 너의 눈을 보고 이 꿈에서 얘기하고 싶었다. 나에게 진실하게 말해주기만을 빌며……

"넌 왜 많고 많은 것 중에 바다야?"

나는 영찬이의 눈을 똑바로 보고 말했다. 아직도 내 다리에는 일렁거리고 차가운 물들이 밀려왔다.

"바다를 보고 있으면 속마음을 얘기하게 되잖아."
영찬이는 내 옆에 앉았다. 그리고 우리는 그곳에 잠깐 머물며 이야기를 나누었다. 영찬이는 조심스럽고 진지한 이야기 속으로 나를 끌어들였다.

처음은 그 애였다. 중학교 때 같은 반이었던 '겨울'이. 항상 다른 여자애들은 자기들끼리 화장실도 같이 가고, 밥도 같이 먹고, 놀기도 같이 노는데 그 애만은 항상 혼자였다. 처음에 나도 신경 쓰이지 않았다. 하지만 겨울이의 귀여운 외모, 하얀 피부 때문에 입술은 분홍색이 더 돋보여 보이고 볼도 더 붉었다. 수수한 느낌 많이 났고 체크무늬 목도리를 한 모습에 나는 겨울이를 좋아하게 되어버린 것 같다. 학교에서 자리를 바꿀 때 나와 겨울이의 자리는 그리 멀지 않았다. 내가 보는 겨울이는 그리 잘 웃지 않았다. 왠지 뚱한 표정으로 창밖에 풍경을 바라보면서 혼자만의 생각을 자주 했다. 나는 자리에서 일어나 겨울이의 앞자리에 앉았다.

"뭐해? 맨날 창밖만 보네?"

"응. 바다 너무 예쁘잖아."

나도 겨울이의 시선을 따라 바다를 바라보았다. 오늘은 날씨가 좋아서 바다가 더욱 반짝였다. 점심시간이 다가오고 급식실로 갔다. 그날따라 나도 왠지 모르게 겨울이가 먼저 눈에 들어왔다. 안쪽 깊은 구석에서 혼자 밥을 먹고 있었다. 나는 겨울이의 앞에 앉았다. 겨울이는 들고 있던 수저를 책상에 내려놓고 나를 바라보았다.

"자리가 없더라."

겨울이는 주변을 이리저리 살펴보았다.

"자리 많은데..?"

나는 겨울의 말을 가볍게 무시했다. 묵묵히 밥을 먹던 나를 바라보다 다시 밥을 먹기 시작했다. 당연히 우리 둘은 어색했다. 나도 어떤 말을 해야 할지 몰랐다. 표정은 평온해 보일지 몰라도 머릿속은 시끄러웠다. 그런데 그때 뇌리에 딱 떠오르는 말이 생각났다.

"너 바다 좋아한다고 했지?"

"응. 좋아해."

"그럼 바다 보러 갈래? 나도 바다 좋아하거든."

겨울이는 당황한 기색을 보였다. 당연하다. '굳이' 나와 바다를 볼 이유가 없기 때문이다. 겨울이는 잠시 망설인 듯하더니 수줍게 "좋아."라고 대답했다. 당연히 거절할 줄 알았는데 받아준 사실에 나는 당황했다. 조금 떨리는 숨소리가 내 귀에 크게 들렸다. 당황하지 않으려고 노력하며 휴대폰을 겨울이에게 건네주었다.

"그.. 시간 같은 거 안 정했잖아.."

겨울이는 조그마한 손으로 번호를 적어주었다. 그리고 미소를 지으며 식판을 들고 자리를 떠났다. 나는 그 자리에서 '겨울이'라고 저장해야 할지 '유겨울'이라고 저장해야 할지 고민했다. '유'를 썼다 지웠다를 반복하며 고민한 결과 '겨울이'라고 저장하고 나도 식판을 정리했다.

 어느덧 저녁 시간이 되었다. 머리를 감고 상쾌해진 마음으로 책상에 앉아 스텐드 조명을 켜고 숙제를 하기 시작했다. 문제집 옆에 뒤집어 놓은 핸드폰에 시선이 가기 시작했다. '연락을 해볼까?'라고 생각하며 계속 머뭇거렸다. 나는 숙제에 집중하고 문제를 풀어가기 시작했다. 잡생각을 떨치려고 헤드폰을 끼고 평소 좋아하는 노래를 틀었다. 더워진 방 온도에 찝찝함을 느껴 창문을 여니 바람이 쏴- 하고 들어와 커튼을 작게 흔들었다. 그리고 바닷소리가 들려왔다. 바다를 바라보는

데 어떤 여자애가 모래에 앉아 구경하고 있었다. 그 모습을
계속 보았다. 그런데 그 여자애가 멘 목도리가 겨울이가 맨날
메고 오는 목도리와 똑같은 것이었다. 나는 허겁지겁 옷장에
대충 벗어둔 외투를 입고는 밖으로 나갔다. 바다에 가보니 겨
울이가 그 자리에 있었다. 내가 겨울이의 옆에 앉자 깜짝 놀
란 듯했다.

"여기서 뭐 해?"

"나 그냥 구경하지~"

바닷바람이 얼굴을 스친다. 꽤 차가운 온도에 겨울이는 코가
훌쩍거렸다. 나는 외투를 벗어주고 목도리를 코까지 올려줘서
바람을 막아주게 해줬다. 겨울이는 외투를 다시 나에게 주었
다. 겨울이는 가벼운 옷차림이라 밤 시간대에 바닷바람은 추
울 것 같아 다시 걸쳐주었다.

"추워 그냥 입어라."

"너 안 추워?"

"난 추위 안 타"

우리는 서로를 보고 웃었다. 겨울이는 목도리를 빼서 나에게
주었다. 나는 됐다고 거절했지만, 조그마한 손으로 목도리를
쥐여주며 어서 받으라고 했다. 목에 매니 향기가 내 코를 간
지럽히고 따뜻함이 내 몸 전체에 퍼졌다. 정적은 계속됐다.
하지만 그 상황은 전혀 어색하지 않았다.

".. 넌 왜 목도리 계속해?"

"목이 안 좋아서. 이제 목도리 그만할 거야."

"그렇구나."

왜인지 섭섭한 마음이 들었다. 왜일까? 아마도 겨울이가 더 이상 목도리를 한 모습을 볼 수 없어서? 그것도 아니면 나는 왜 대체 이런 마음이 드는지 잘 모르겠다. 그저 조용히 모래를 뒤덮는 파도처럼 내 마음도 저 심해 속으로 뒤덮었다. 시간이 지나갈수록 추워져서 우리는 집으로 돌아가기로 했다. 겨울이를 집에 데려다주려고 함께 나란히 걸을 때 겨울이의 코 훌쩍거리는 소리밖에 나지 않았다. 생각 없이 멍하니 걷다가 목도리를 풀어 겨울이의 목에 둘러주었다.

"있잖아"

"응?"

"... 아니야."

말을 하고 싶은데, 이 말을 꼭 하고 싶은데, 바보같이 전하지 못했다. 한참을 걷다 보니 겨울이가 집 대문에 서서 다 왔다고 말했다. 내심 아쉬운 마음이 들었다. 그걸 느꼈는지 주머니를 뒤적거려 귀엽고 작은 모형 배를 나에게 주었다. 나는 고맙다고 전하며 뒤돌아서 길을 걷는데 뒤에서 큰 목소리가 들렸다.

"고마워. 데려다줘서. 조심히 가!"

"응 내일 봐."

기뻤다. 하지만 내색하지 않았다. 주머니 속에 넣어둔 모형 배를 만지작거리며 집으로 돌아갔다. 책상 위에 모형 배를 올려놓고 잠을 잤다.

"영찬아."

나른하고 조용한 목소리가 나를 부른다. 듣기 좋은 목소리를 따라 눈을 뜨니 난 바다 앞 모래에 누워있었다. 고요한 오후에 반짝이는 윤슬, 검은색 돌들 사이에 붙은 해초까지 마치 동화 속인 것 같았다. 상황 파악보다는 말이 먼저 나왔다.

"겨울이?"

이름을 부르자마자 내 앞에 겨울이가 나타났다. 새하얀 원피스를 입고 자기의 얼굴보다 큰 밀짚모자를 썼지만 새하얗고 빨간 입술은 가려지지 않았다. 겨울이는 환한 미소로 일어나라고 자신의 팔을 뻗어주었다. 손을 잡고 몸을 일으켜 앉았다. 그렇게 한참 겨울이와 바닷물을 튀기며 놀다 보니 번뜩 정신이 찌릿하듯 머리가 아파져 왔다. 숨이 차고 몸도 무거웠다. 겨울이는 그런 나를 한참 바라보더니 내 어깨에 손을 살포시 올렸다.

"다음에 다시 만나자."

그러고는 내 손목에 팔찌를 채워주었다. 꿈에서 살며시 일어나 오른쪽 손목을 보니 꿈에서 겨울이가 채워주던 팔찌가 있었다. 정말로 내가 겨울이랑 꿈속에 있었던 건지 진짜였다면 소름이 돋을 것 같지만 오히려 아무런 생각도 들지 않고 여운만 남았다. 서서히 내 마음에 물결을 타고 겨울이가 들어 왔다.

어제보다 화창한 날씨다. 뜨거운 햇살이 방 안으로 들어오고 기분 좋은 참새 소리가 들려온다. 평소와는 다르게 조용하고 느긋하게 학교 갈 준비를 했다. 준비하다 보니 오른쪽 손목이 아파져 오기 시작했다. 쥐어짜는 듯한 느낌이 들었다가 한순간에 싹 사라졌다. 손목을 어루만지며 1층으로 내려갔다. 탁자 위에 랩으로 씌워 놓은 접시 안에는 토스트와 자그마한 버터, 그 옆에는 쪽지가 남겨져 있었다.

-엄마 급한 일 때문에 먼저 갈게 아침 꼭 챙겨 먹어.-

익숙한 듯 토스트에 버터를 대충 펴 발라서 먹고 신발을 신은 다음 현관문을 열고 나갔다. 익숙한 길을 걷고, 익숙한 노래를 듣고, 익숙한 복도를 걸어서 교실에 도착했다. 그곳엔 이제 익숙해진 네가 있었다. 겨울이는 손목을 보여주며 웃었다. 나와 똑같은 팔찌였다. 나도 팔찌를 보여주며 웃었다. 앞자리에 나와 친한 친구 현석이가 그 모습을 보았다. 현석이는 평소에 장난기도 많고 할 말을 다 하는 아이였다. 조례시간이 10분도 안 남은 시점이어서 교실에는 꽤 많은 아이가 교실에 있었는데 현석이는 손가락으로 나를 가리키며 큰 소리로 말했다.

"야 송영찬. 너 유겨울 좋아하냐?"

나는 당황해서 아무런 말도 입 밖으로 나오지 않았다. 겨울이는 놀란 듯 눈이 동그래졌다. 가까스로 정신을 부여잡은 뒤, 입을 뗀 순간 현석이는 멈추지 않고 말을 이어서 했다.

"야 근데 유겨울 귀신 보잖아! 몰랐냐? 어휴 무서워."

아이들의 함성이 '뚝'하고 끊겼다. 2초 전까지 '사귀어라', "고백해라"라는 말들이 공중으로 가득 찼는데 너무 조용해져서 소름이 끼칠 정도였다. 난 거기서 무슨 말을 해야 했을까? 그 뒤로 겨울이는 반에서 따돌림을 당했다. 처음부터 친구들의 관심을 받지 않은 애가 '귀신'을 본다는 이유만으로 아이들은 너 나 구분할 거 없이 겨울이의 옆에서 '무섭다', '소름 끼친 다.'라는 말을 서슴없이 내뱉었다. 나는 겨울이에게 신경 쓰지 말라고 달래도 보고 맛있는 것도 건네 보았지만, 겨울이의 상황은 나아지지 않았다. 여자아이들은 비속어까지 섞어가며 겨울이를 괴롭혔다. 나는 필사적으로 막아보았지만, 겨울이는 선생님께 아프다는 사유로 벌써 일주일 동안 자리를 비웠다. 나도 겨울이의 집으로 찾아간 지 일주일째다. 그러다 어느 날 겨울이에게 문자가 왔다.

-잠깐 바다 앞으로 나올래?

나는 그 문자를 보자마자 겉옷을 대충 입고 나갔다. 바다 앞으로 허겁지겁 나와보니 미소를 지으며 나를 바라보는 겨울이가 있었다. 평소와는 다르다. 분명 같은 미소이지만 오늘은 슬퍼 보이는 감정을 억지로 숨기는 미소였다.

"괜찮아? 걱정했어."

그동안 하지 못했던 말을 참고 참아 간결한 문장으로 내보냈다. 말속으로 모든 것을 잘 숨겼다고 생각했는데 표정과 목소리는 숨길 수 없었나 보다. 겨울이는 그런 나를 보고 작게 웃었다.

"내 걱정 안 해도 돼. 나 괜찮아."

"거짓말."

"뭐?"

겨울이는 잘 웃다가 정색했다. 그러고는 태연한 표정을 지었다. 겨울이는 바다로 저벅저벅 걸어가다 발목이 물에 잠길 때

쯤 뒤돌아서 나를 봤다.

"맞아. 사실 거짓말이야."

겨울이가 말을 끝낸 순간 번쩍 눈을 뜨니깐 겨울이가 없어졌다. 겨울이 서 있던 자리에는 팔찌만 둥둥 떠 있었다. 나는 팔찌를 주워 주머니에 넣었다. 어느새 내가 차고 있던 팔찌는 없어졌다. 팔찌가 있었던 오른쪽 손목은 너무 허전했다.

그날로부터 한 달이라는 시간이 지났다. 겨울이에게 문자가 왔다. 자세히는 겨울이의 어머니이셨다. 겨울이가 너무 아파서 병원에 있는데, 내가 너무 보고 싶어 한다는 내용이었다. 그래서 나는 서울까지 갔다. 오랜만에 본 겨울이는 상태가 많이 안 좋아 보였다. 겨울이의 어머니께서는 둘이 얘기하라며 병실을 나가셨다. 나는 침대 옆 의자에 앉았다. 겨울이는 고개를 살짝 돌려 나를 바라보았다.

"나 이제 죽는다."

"…"

"잘됐지?"

"…"

그런 말을 태연하게 하려면 얼마나 아픈 시간을 혼자 참아와야 하는지, 나는 겨울이처럼 할 수 없을 것이다. 내 손을 잡으며 예쁜 목소리가 아닌 힘든 목소리를 들려주며 나를 안심시키려 했다.

"어차피 학교 다닐 때도 건강은 나빴어.
꿈에서라도 재밌게 놀아서 다행이야."

"그게 진짜였구나."

겨울이는 살짝 고개를 끄덕이며 서랍에서 상자를 꺼냈다. 그 안에는 나에게 줬던 팔찌가 엄청나게 많이 들어있었다.

"이거 네 거 해."

나는 아무 말도 하지 않고 상자를 건네받았다. '안녕.', '다음에 보자.'라는 뻔한 말을 하고 다시 내 집으로 돌아왔다. 나도 알고 있다. '다음'은 있을 수 없다는 것을. 일주일이 지나자, 겨울이가 했던 말대로 하늘의 별이 되었다는 소식을 접했다. 이상하게 나는 슬프지도 않았다. 그저 묵묵히 겨울이를 다시 만나기를 기다리며 내 익숙한 생활로 돌아왔다. 납골당에 가서 그때 바다에서 주웠던 팔찌를 넣었다.

"오늘 밤, 만나자."

"그걸 믿으라고?"

영찬이와 겨울이의 이야기는 마치 소설 같았다. 마치 한 편의 드라마를 본 듯한- 느낌이 든다. 영찬이는 이런 이야기를 아무런 표정 없이 묵묵히 이야기했다. 나에게 말하는 것이 아닌 겨울이와의 기억을 되살리는 느낌에 가까웠다. 그제야 나는 영찬이가 준 팔찌가 눈에 들어왔다.

"나한테 이거 왜 준 건데?"

아무런 말을 하지 않는다. 하지만 난 재촉하지 않았다. 분위기에 압도되어 그 어떤 올바른 생각도 들지 않는다. 나의 예상대로 속이 시원하거나, 따지거나 그런 결말이 아니었다. 오히려 묵직하고 조용한 블랙홀로 빨려 들어온 것 같은 느낌이다. 난 팔찌를 어루만지며 한 번도 만나지 않은 겨울이의 생각에 잠겼다. 따뜻한 물에 내 몸을 담그며 나른하고 일렁이는 물결을 느끼며 오늘의 힘듦을 물에 녹여 보낸다. 보들보들한 옷 질감, 이불 안 따뜻한 공기에 나도 모르게 잠이 들었다.

 꿈속인 것 같다. 너무 정신없고 시끄러운 소리가 한참 들려오다 누가 스피커의 전원을 끄듯 뚝- 하고 깊은 고요 속만이 내 귓가와 오감을 긴장시키게 했다. 조금 시간이 지난 뒤 지지직거리는 소리가 들리더니 우아하고 예쁜 목소리가 들려왔다.

「바다에 일렁이는 물결을 따라 걷는 상상을 해 보세요. 당신은 아름다운 모습에 바다로 천천히 들어갑니다. 하지만 그것을 잊으시면 안 됩니다. 겉모습만을 생각하지 마십시오. 바다는 우리의 상상보다 깊답니다. 하지만 당신이 바다에 빠져 고통스럽지 않고 오히려 편안하다면, 당신이 그렇다면 난 기꺼이 당신 앞에 나타나겠습니다.」

 그렇게 여자의 목소리가 멈췄다. 나는 이게 무슨 의미인지 생각하는 찰나 한순간에 조용하고 넓은 흰 벽 속 잔잔한 바다 한가운데 서 있다. 발에 감각이 느껴져 밑을 내려다보니 저번에 본 돌고래가 내 주위를 뱅글뱅글 돌고 있다. 돌고래는 입을 움직이고 있지 않지만 내 머릿속에서는 목소리가 들렸다.

"넌 참 행운 받은 아이구나."

나도 속으로 말을 이어갔다. '내가?'라며 저번부터 나는 왜 행운을 받은 건지 모르기 때문이다. 돌고래는 답답했는지 내 손목에 있던 팔찌를 입으로 뜯었다. 팔찌가 뜯긴 순간 저 멀리서 거대한 파도가 오고 내가 서 있던 곳은 점점 물이 차오르기 시작했다. 돌고래는 그런 내 모습을 보고 재밌기라도 한 듯 파도 쪽으로 가서 나를 지켜보았다. 정신이 없던 와중에도 돌고래가 물고 있는 팔찌가 눈에 들어왔다. 당장이라도 꿈에서 깨도 문제없었지만, 왠지 모르게 팔찌를 갖고 돌아가야겠다는 생각이 들어 파도 쪽으로 걸어갔다. 바다가 깊어지는 게 느껴졌다. 한 걸음씩 내디딜 때마다 깊어지고 이제는 땅에 발이 닿지 않았다. 결국 물에 빠졌다. '이제 죽겠구나.'라는 생각이 들었다. 헤엄쳐 발이 땅에 닿는 데로 가도 됐었다. 하지만 영찬이의 소중한 팔찌를 뺏긴 대가로 갚을 수 있다면 난 기꺼이 빠질 수 있다. 근데 왜 이렇게 편안할까? 왜 숨이 막히지 않은 것인지 아마도 꿈이라서 가능하다고 생각했다. 눈을 뜨니 바닷속에 햇빛이 내 앞을 비추고 있었다. 그러자 햇빛이 있는 곳에서 공기 방울들이 보글거리며 올라온다. 초반에는 조심히 올라왔지만, 중간쯤에서부터는 미친 듯이 공기가 올라오다가 사라지니 웬 여자아이가 있었다. 얼굴은 하얗고 입술은 빨갛다. 립스틱을 바른 것처럼 빨간 게 아닌 원래 입술의 색인 듯했다. 나는 외관을 보고 단번에 알아차릴 수 있었다. 바로 내가 본 적도 없는 '겨울'이였다. 겨울이는 나를 보고 미소 지었다. "아." 난 왜 영찬이가 겨울이를 좋아했는지 알 수 있었다. 햇살같이 따뜻한 미소는 단순한 미소가 아니었다. 무언가 잊고 있는 것을 꺼내주거나, 타인을 진정시켜주는, 무언가 알 수 없는 따뜻함이다.

"겨울아."

힘겹게 겨울이의 이름을 불렀다. 겨울이는 자신의 이름을 부를 줄 알았다는 듯이 여전히 미소를 지었다.

"넌 참 행운을 많이 받았구나."

그러고는 자신의 손에 쥐고 있던 팔찌를 나에게 채워주었다. 나에게 팔찌가 채워지자마자 바닷물은 한순간에 밑으로 가라앉아 다시 잔잔한 상태로 돌아갔다. 겨울이는 내 앞에 있었고, 나는 겨울이를 한참 바라보았다.

"넌, 참 행운을 받은 아이야. 겨울아."

내 말을 들은 겨울이는 놀란 얼굴이었다. 그런 말은 한 번도 들어본 적이 없다고 했다. 사실 자신이 세상에서 제일 불행한 아이라고 지금까지 생각하고 있었다고 한다. 나는 그렇게 말하는 겨울이에게 전하고 싶은 말을 했다.

「영찬이처럼 널 좋아해 주는 사람은 흔치 않아. 네 생각을 많이 하니까 수많은 사람 속에서 빛나는 너를 한 번에 찾을 수 있어. 누군가가 너를 좋아하는 건 행운이야.」 겨울이는 이제야 알겠다는 표정을 지었다. 눈에는 눈물이 그렁그렁 맺혔고, 가쁜 숨을 몰아쉬었다. 내 눈을 쳐다보고 진지한 표정을 지었다.

"넌 바다에 온 걸 후회해?"

'아니.'라고 딱 잘라 말하면 그건 분명 진실이 아니겠지. 답답한 내 마음에 기름을 부었던 것도 이곳이었고, 꿈에서 쉽게 깰 수 없던 곳도 여기였기 때문이다. 하지만 지금 생각해 보면 여기에 있기에 나는 무언갈 많이 얻은 느낌이었다.

"후회하지 않아. 너와 나를 만났기 때문에."

우린 세상에서 아름다운 이별을 했다. 난 이제 더 이상 이곳에 머무를 이유가 없다. 또다시 머물고 싶어질 때면 그땐 내 바다가 아닌 누군가의 바닷속이면 좋겠다고 생각했다.

또 그렇듯 아침이 밝아왔다. 이 기분은 뭐라고 설명해야 하지? 마치 엄청나게 슬픈 영화를 보고 영화관을 떠날 때 느낌이라고 표현해야 하나. 복잡 미묘하지만 애써 '여운'이라는 단어로 정리했다. 여전히 우리 엄마는 가게 일로 바쁘다. 평소와 다르게 가게에 들러 학교에 갔다 온다고 인사를 드린 뒤 홀가분한 느낌으로 등교했다. 왜 세상이 달라 보이는지. 살짝 들뜬 마음이었다. 바로 내 교실로 들어가지 않고 영찬이가 있는 교실로 들어갔다. 예상대로 교실에는 영찬이만 자리에 앉아있었다. 성큼성큼 걸어가 영찬이 자리 앞 의자에 앉아 몸을 뒤로 돌려서 영찬이를 바라보았다.

"나 만났어."

"누구?"

"겨울이."

관심 없다는 듯이 문제집에 바쁘게 샤프를 움직이던 손이 멈추었다. 문제집을 보고 있던 눈이 이젠 나를 바라보았다. 한숨을 작게 쉬더니 진지해진 표정을 지었다.

"오늘 밤, 만나자."

겨울이가 하늘의 별이 된 그때 건넸던 말이다. 너의 대답을 들을 순 없지만 왠지 너라면 "그러자."라며 대답할 것 같았다. 불안 반 걱정 반이었지만 왠지 모를 자신감으로 네가 당연히 올 것처럼 굴었다. 그렇게 잠이 들었다. 눈을 떠보니 넓은 하얀 벽에 잔잔한 파도에 난 누워있었다. 그리고 당연히 네가 있었다.

"겨울아!"

"난, 나오고 싶지 않았어."

겨울이가 처음으로 단호한 말투에 난 얼어붙었다. 머리가 띵하며 어지럽고 토할 것 같았다. 하지만 겨울이를 보니 그 말은 거짓말이라는 것을 알아챘다. 애써 울음을 참는 표정. 목소리가 떨리는 것을 막으려 단호한 말투를 내뱉었다는 것을 알 수 있었다.

"난 네가 보고 싶었어. 우리 다시 만났네."

평소에 나라면 절대 하지 않을 낯간지러운 말이다. 어느 커플이 낯간지러운 말을 하며 대화하는 모습에 몸서리쳤는데, 왜 그런 말들을 주고받는지 이제야 조금 이해가 간다. 하지만, 내가 지금 어떤 말을 너에게 전해도 소용없다는 것을 알았다.

– 난, 어딘가에 시간을 쓰는데 후회한 적은 단 한 번도 없었어. 아무리 쓰레기 같고 힘든 시간이어도 말이야. 다른 사

람은 치열하게 무언갈 할 때 난 침대에 박혀서 울 때도 전혀 아깝다고 생각하지 않았어. 하지만 너를 만나는 그 시간 동안은 너무 아까워. 네가 싫어서 그러는 게 아니야. 오히려 좋은 기억만 있어서 그래.

겨울이의 말은 나를 차분하고 잔잔하게 만들었다. 네가 나와 같이 있는 시간이 아까웠다니. 난 한 번도 느껴 보지 않은 감정에 어떠한 말을 덧붙일 수 없었다.

"나를 바꾸게 한 건 너야. 그래서 더 힘들어. 익숙하지 않아서."

다른 사람들이 겨울이가 한 말을 듣는다면 나에게 한탄한 것처럼 들릴지도 모르겠다. 나는 어째서인지 겨울이의 감정이 다르게 느껴지는지 모르겠다. 한 발짝 앞으로 걸어간다. 모래를 밟을 때 사르륵거리는 느낌 그대로 겨울이를 안았다.

- 난 겁이 났어. 나보다 더 눈부신 사람을 좋아했을 때 받게 될 힘든 시간을. 하지만 너니깐, 너 아니면 안 될 것 같으니까, 그 안에 무엇이 있을지, 난 후회하지 않아. 너와 함께할수록 나도 반짝 빛나는 사람이었으니까.

내 진심을 말했다. 매일 반짝이는 햇빛을 나도 곁에서 쬐었을 때 진짜 행복했다. 그러니깐 이제 내가 무엇을 하든 난 너의 햇볕을 쬐었던 때를 생각하며 너를 그리워할지 모른다. 이제 조금씩 어지러워졌다. 아마도 곧 아침이 오겠지. 그걸 알아챈 겨울이는 내 눈을 바라보고 자신이 차고 있던 팔찌를 빼서 나에게 주었다.

"다음에 네가 좋아하는 사람이 생긴다면, 이걸 전해줄래?"

"그렇게 할게. 반가웠어. 잘 지내고."

"그래."

이마를 맞대고 말을 주고받으며 진짜 작별 인사를 했다. 다시 돌아오지 않을`네가 정말 보고 싶을 거야. 너도 그렇지? 하지만 우린 끝나지 않아. 그냥 그런 느낌이 오거든 우린 절대로.

　겨울이가 떠나고 우리 교실은 평소와 똑같았다. 나는 화가 치밀었다. 자기들이 뱉은 말들로 사람이 상처받았는데 다들 자신이 탓이 아니라는 듯 웃고 떠든다. 어이가 없었다. 난 며칠 밤을 눈물로 지새웠는데. 감정이 격해지는 것을 느끼고 나도 모르게 소리를 질렀다.

"너희 진짜 뻔뻔하다. 겨울이에게 미안하지도 않아?"

모든 아이는 나를 빤히 바라보았다. 겨울이가 귀신을 본다고 소리쳤던 현석이가 내 앞으로 걸어와 당당한 표정을 지었다. 무척이나 평온한 표정을 지었다.

"장난이었어."

그게 장난이라는 단어로 표현할 수 있는 것인가? 현석이가 그 말만 하지 않았더라면 여자아이들은 겨울이를 괴롭히지도 않았을뿐더러 급격하게 몸이 안 좋아지지도 않았을 것이다. 장난이라는 말을 듣자마자 속에서 신물이 올라오는 것을 간신히 참았다. '더러운 새끼들.'이라고 소리치고 교실을 나가고 싶었지만, 그럴 용기가 나지 않았다. 어떻게 말해야 할지 머리를 빠르게 굴렸다.

-너희가 괴롭히지만 않았다면, 겨울이는 지금 이곳에 있었을 지도 몰라. 이건 장난이 아니야. 너네 15살 먹고 이러는 거 진짜 안 부끄러워?

열변을 토했다. 그래. 너무 이성적이지 않다. 나답지 않고, 하지만 이게 내 진심이다. 장난이라는 프레임을 씌우는 것은 진짜 쉬운 일이다. 심한 말을 해도 장난으로 상대방을 넘어가게 하는 마법의 단어. 진짜 싫다. 그래. 난 이제 할 수 있는 게 없다. 그냥 이 감정을 삼키는 것밖에. 겨울아 미안, 더 맞서지 않아서. 그래도 이것만은 알아주라 나 열심히 내 감정을 전하고 용기를 냈다는 것을. 학교를 마치고 겨울이를 보러 갔다. 납골당에 놓인 사진 속 겨울이는 여전히 빛났다. 조용히 눈물을 흘렸다. 큰 목소리로 울고 싶었지만 그래봤자 소용없다는 것을 알기에.

그렇게 3년이 지나 18살이 되었다. 3년 동안 꿈에서 겨울이랑 있었던 '바다'에 한 번도 갈 수 없었다. 겨울이가 떠난 지도 3년째 되던 날 바닷가에서 겨울이와의 추억을 회상하다 집에 들어와 추운 몸을 따뜻한 이불에 녹이며 잠이 들자, 겨울이랑 내가 마지막으로 인사했던 곳으로 돌아왔다. 한참을 물을 가르며 걷는데 저쪽에서 누군가의 목소리가 들렸다. 나는 혹시 겨울일까 한껏 기대하고 달려갔지만, 웬 다른 여자가 있었다. 나는 깜짝 놀랄 수밖에 없었다. 아니 겨울이의 외모랑 다른 듯 보여도 비슷했기 때문이다. 순간 '겨울아!'라고 외칠뻔했다. 그 애는 내가 보이지 않는 것 같았다. 나는 이끌리듯 그 애 앞까지 왔다. 그리고 손목을 잡았다. 그러더니 그 애는 돌연 사라져 버렸다. 그 자리에서 혼자 서 있게 되었다. 자꾸 그 애와 겨울이를 겹쳐보면서 중학교 때를 회상했다. 학교에 가보니 그 애는 친구들과 웃고 떠들며 쉬는 시간을 보냈다. 나는 항상 그 애를 지켜보았다. 물론 직접 그 애 근처에 가서 보기보단 우연히 마주치는 것이 더 많았다. 겨울이와 다른 느낌으로 빛나고 반짝거린다. 활기찬 모습에 덩달아 나도 힘이 나는 것 같았다. 그날 학교가 끝나고 하굣길에 심부름으로 동네 마트를 가던 중 그 애가 어떤 가게로 들어갔다. 열려 있는 문을 통해 안을 보니깐 서빙을 하고 있었다. 가게 밖에는 아르바이트를 구하는 종이 붙어있어 한치에 망설임도 없이 적혀져 있는 번호로 아르바이트 희망 문자를 보냈다. 그날 저녁 번호를 저장해놓은 것을 깜박하고 메신저 앱에 들어가니 자동으로 친구추가가 되어있었다. 그 애의 프로필이었다. 햇살처럼 밝게 웃고 있었는데, 친구가 찍어준 구도로 되어있었다. 여전히 겨울이랑 헷갈릴 정도다.
"하서연?"
여태까지 궁금했던 그 애의 이름은 서연이었다. 서연이에게 시선을 따라가기 바빠서 자각하진 못했지만 나는 왜 이러는 건지 한참 고민을 했다. 아마도 너무 닮았기 때문이다. 서연이에게 그 바다가 처음이냐고 하자 나에게 다가왔다. 흔들리지 않으려 일부러 차갑게 굴었다. 서연이는 아마도 꿈속에서 그 '바다'를 다녀온 사실을 내가 안다고 생각해서 나에게 무슨 의미이냐고 물었던 것 같다. 그리고 내가 서연이의 손목을 잡았을 때 내 팔찌를 봤다는 것에 나는 할 수 없이 모든 걸 털어놓기로 결심했다. 나는 서연이에게 팔찌를 주었다. 어느 날 잠이 들었는데 서연이와 어떤 남자가 얘기하는 장면을 봤다. 이게 무슨 일인가 하고 나는 그 둘의 모습을 쭉 지켜보았다. 둘은 내가 안 보이는 것 같았다. 그런데 남자에게 내가 서연이에게 준 팔찌가 있었다. 이제야 이 남자가 서연이 꿈에 있는지 알게 되었다.

 너랑 얘기하다 보니 점점 네가 보이는 거야. 나는 또다시 가시넝쿨에 들어간 느낌이었어. 다시는 이런 사랑 따위에 날 던져놓지 않을 거라 다짐했는데, 너라서 그게 안 됐다는 거야. 그래서 난 한 번 더 다쳐보기로 했어. 널 좋아한다는 것은 그야말로 의미가 커졌어. 난 다짐을 했어. 절대로 겨울이랑 겹쳐보지 않기로. 밤마다 네가 나를 봐주기를 기도하고 자기도 했어. 그거 아니? 네가 네 '바다'에 머물러 있을 때 나도 있었던걸. 넌 아무것도 없는 바닥에 말을 하기도 했지만 내가 보이지 않는 그런 게 있었다고 생각했어. 너를 지켜보다 내 바다로 돌아갔을 때 내 바닷물은 엄청 차가웠어. 한쪽만 좋아하는 거 말이지, 진짜 차디찬 물속에 들어가는 느낌이야. 서연아, 나 말을 아낄게. 네가 너무 좋으니까.

순간 겨울이를 생각했다. 서연이가 겨울이 얘기할 때 당황스러웠지만, 화제를 돌려 '바다'에 같이 있던 남자의 정체에 관해 이야기를 나누었다.

"난 선배님이랑 있을 때 팔찌가 없었는데 왜 바다로 들어갈 수 있었지?"

"내가 너를 바다로 불렀거든."

그날 너를 불러서 모든 걸 말하려 그랬는데, 바보같이 그 남자에게 팔찌를 준 건지 아니면 그 남자가 팔찌를 주운 건지 모르겠지만 그 순간 화가 나서 말할 마음이 없어졌어. 그래도 너를 볼 수 있음에 왠지 마음이 평온해졌어. 불안한 마음을 애써 눌렀지.

"그날 미술실에서 떨어졌나 봐."

서연이는 곰곰이 생각하더니 또다시 나에게 질문했다.

"그럼 팔찌가 없었을 때는 어떻게 바다에 들어갈 수 있었지?"

"그러게, 누가 초대한 거 아님.."

이 말을 하는 순간에 우리는 서로 눈을 쳐다보았다. 그리고 굳이 그 해결책을 찾으려 하지 않았다. 어쩌면 서연이와 나는 같은 생각일 것이다.

영찬이와 자주 얘기를 나누었다. 내가 그토록 알고 싶어 했던 것부터 우리는 어떻게 바다로 갈 수 있는지. 아무도 믿지 않을 이야기들을 늘어놓았다. 이제 영찬이를 만날 일은 없을 것 같다. 지금까지 나를 바다로 데려가 주던 팔찌를 책상 위 작은 서랍에 넣었다. 이제 상황이 마무리되었지만, 어딘가 한 편은 알 수 없는 공허함이 느껴졌다.

2부
0451

영찬이와 나는 한동안 바다에 들어가지 않기로 약속했다. 사실 우리는 그동안 바다에 있으면서 힘든 일이 더 많았던 것 같았다. 서로 우리를 옥죄었던 팔찌를 빼니 손목은 허전하기 짝이 없었다. 그리고 우리는 자연스럽게 멀어지기 시작했다.

'자연 동아리에 당신을 초대합니다.'
- 자연 동아리에 당신을 초대합니다.
- 캠핑과 등산을 통한 동아리원들과 친목과 자연 탐색
- OO고등학교 1학년부터 2학년까지 모집
- 평소 자연을 좋아하거나 탐색을 좋아하는 사람 희망
- 선착순 5명 010-XXXX-XXXX 연락 바람.

이동수업이 끝난 후 친구들과 얘기하며 복도를 걷다가 누군가가 게시판에 모집 포스터를 붙였다. 내용이 궁금해져서 그 포스터를 읽어보았다. 평소에 캠핑을 좋아하고 자연을 좋아하는 나에게 딱 맞는 동아리였다. 이제 동아리를 정해야 했었는데 마땅히 끌리지 않은 것들을 두고 고민하고 있던 참이라 더욱 들어가고 싶은 마음이었다. 곧바로 쓰여있는 전화번호로 참여 희망 문자를 보냈다. 하루를 기다리니 띵 하는 알람 소리에 핸드폰을 확인해 보니 자연 동아리 결과 문자였다. 떨리는 마음으로 알림창을 눌렀다.
'하서연 님 자연 동아리에 가입되었음을 알려드립니다.
내일 오후 3시까지 제3 동아리실로 와 주시길 바랍니다.'

무언가 들뜨는 느낌이었다. 내가 5명 안에 들었다는 것도, 원하는 동아리에 가입이 된 것도 모든 게 믿기지 않았다.

드디어 오늘이다. 자연 동아리 첫 모임! 동아리실로 가는 길이 이렇게도 길었는지 몰랐다. 끝없는 복도를 걷고 또 걸었다. 떨리는 마음으로 문 앞에 서서 눈을 감고 심호흡을 하고 있었는데 누가 내 어깨를 톡톡 건드렸다. 나는 화들짝 놀라 어깨를 두드린 사람도 덩달아 놀랐다.

"죄송합니다."

나는 황급히 고개 숙여 사과했다. 고개를 들어보니 3학년에 훈훈한 외모를 가졌다는 선배가 서 계셨다. 선배님은 손을 저으며 괜찮다고 했다. 선배님을 몇 번 지나가다 본 적은 있어도 이렇게 가까이에서 본 것과 얘기하는 것은 이번이 처음이었다. 선배님은 살짝 미소 짓기만 했는데도 빛이 나는 사람이었다. 여자애들이 그 선배님을 왜 좋아하는지 조금은 이해되었다. 선배님은 동아리실 문을 여셨다. 그러자 안에서 기다리고 있던 다른 동아리 부원들이 있었다. 선배님은 내 양쪽 어깨를 잡으시고 부원들에게 말했다.

"얘까지 해서 5명 맞지?"

부원들의 대답을 듣지도 않으시고 나를 살짝 이끌어 빈자리로 안내해 주셨다. 자리는 ㄷ자로 배치되었는데, 선배님은 중간 자리에 앉으셨다. 그리고 계획서를 훑어보셨다.

"여러분 환영합니다. 자연 동아리의 부장 고현우입니다."

'고현우..' 현우 선배님의 외모와 찰떡인 이름이었다. 잠시 생각에 빠져 주변 소리가 들리지 않았는데 누군가 내 팔을 툭 쳤고, 그제야 나는 정신을 차리고 주변을 둘러보았다.

"자기소개 해줄래?"

선배님께서 웃으시며 말씀하셨다. 나는 무안해져서 자기소개를 어떻게 했는지 기억이 나지 않았다. 자리에 앉자마자 긴장이 풀려서 옆자리를 보니 당황스럽게도 송영찬이 있었다. 내 당황스러운 표정이 드러났는지 송영찬이 나에게 작은 목소리로 말했다.

"회의 집중해."

"아, 어."

그렇게 자연 동아리 첫 만남이 끝나고 시간이 남았던 나는 현우 선배님과 뒷정리를 했다. 선배님은 뒷정리를 시킨 것에 대해 무안한 웃음으로 계속 사과를 하셨다. 뒷정리가 끝나고 선배님은 동아리실을 잠그셨다. 그리고 우리는 자연스럽게 길을 같이 걷게 되었다.

"서연아. 우리 카페 갈까? 내가 사줄게."

"네? 아. 괜찮아요."

"내가 너무 미안해서 그래."

미안한 표정에 마음이 약해졌다. 나는 마지못해 고개를 끄덕거렸다. 그제야 선배님은 보답할 수 있어서 안심하셨는지 발걸음이 가벼워지셨다. 카페에 들어가자마자 선배님은 자리에 앉으셨다. 나는 테이크아웃인 줄 알았는데, 선배님은 먹고 가시는 걸 원하시는 것 같았다. 나는 눈치껏 의자에 책가방을 걸고 앉았다. 내가 앉자마자 무엇을 먹을 거냐며 메뉴를 물으셨다. 빨리 골라야 할 것 같은 기분에 잘 먹지도 않는 아이스 아메리카노를 말했다. 선배님은 주문을 하려고 자리에서 일어나셨다.

"아니에요. 제가 주문할게요. 선배님은 뭐 마실래요?"

"나도 너랑 똑같은 걸로 마실게."

카운터로 가서 아이스 아메리카노 2잔을 주문했다. 무심코 뒤를 돌아보았는데 나를 보고 미소를 짓고 계셨다. 나는 그대로 시선을 카운터로 옮겼다.

"네 주문 받았습니다. 여기 진동벨이요."

진동벨을 가지고 자리로 돌아갔다. 어색한 마음에 할 말을 계속해서 생각했다. 그런데 선배님은 원래 잘 웃으시는지 입꼬리가 한 번도 내려가지 않았다. 소문으로는 배려가 넘치고 항상 친절한 사람이라고 들었지만 진짜로 사람이 이렇게까지 밝고 친절한 사람이었는지 몰랐다. 오늘 처음 보는 나한테 청소시킨 것이 미안해서 커피를 사는 것. 다른 선배님들은 당연하게 시키는 일이었지만 현우 선배님은 달랐다. 조금 시간이 지나자 진동벨이 울렸다.

"제가 가지고 올게요!"

"그래 줄래? 고마워."

트레이를 탁자에 올려놓고 아이스 아메리카노 한 잔을 선배님 앞에 놓아주었다. 그러자 나를 빤히 쳐다보셨다. 나는 애써 모른 척하고 자리에 앉았다.

"넌 참 친절한 것 같아."

"아. 그런가요? 감사합니다."

"그리고.."

"귀엽네."

억지로 쓴 아메리카노를 목구멍에 넘기고 있는데 선배가 한 한마디에 사레가 들려 기침을 했다. 그러자 당황하면서 옆에 휴지를 뽑아 나에게 건네주셨다. 그러고는 내 머리 위쪽을 가리키며 오늘 내가 꼽고 온 핀이 귀엽다고 해주셨다. 그제야 나는 웃음이 나올 수 있었다. 나는 민망함에 핀을 만졌다. 음료를 다 마시고 선배님과 카운터에 갔다. 지갑에서 카드를 꺼내시며 계산을 하셨다. 그리고 밖으로 나왔다.

"잘 마셨어요. 다음에 봬요."

"어 그래. 조심히 가."

살랑살랑 손을 흔드시며 여전히 미소는 내려가지 않았다. 집으로 돌아오니 날이 벌써 어둑해졌다. 나는 머리에 꽂혀있는 핀을 빼서 책상에 올려두었다.

오늘은 주말이지만 자연 동아리에서 어디로 캠핑을 하러 갈지 회의가 있었다. 학교 근처 카페에 들어가니 현우 선배님이 계셨다. 나는 어깨에 걸고 있던 에코백을 빼며 자리에 앉았다. 선배님은 여전히 환한 목소리로 반겨주었다.

"오늘은 핀 안 하고 왔네?"

"아. 깜박했어요."

'딸랑' 소리에 나는 문 쪽을 바라보았는데 송영찬이 평소와 다른 스타일에 옷을 입고 있었다. 의외의 모습에 나는 눈을 쉽사리 떼지 못했다. 영찬이는 하필 많고 많은 자리 중 내 옆에 앉았다. 아무래도 아는 사람이 나밖에 없어서 그런 거일 수도 있겠다고 생각했다.

"오랜만이다."

자주 보지 못해 살짝 서먹한 사이를 풀어보고자 먼저 인사를 건넸다. 머리를 다듬었는지 꽤 단정한 모습에 더욱 어색하게 느껴졌다.

"그러네."

말투는 그때와 같았다. 여전히 차갑고 무뚝뚝한 말투였다. 곧이어 다른 부원들이 와서 자리를 채웠다. 부원들이 다 오자 본격적으로 회의를 진행하였다. 생각보다 많은 의견에 1시간을 훌쩍 넘겼다.

"그럼, 별빛 해변으로 가는 거고, 밤에는 불꽃놀이랑 바비큐 하는 걸로 하자."

우리 학교에서 조금만 더 가면 바다가 있지만, 평소에 보던 바다 말고 다른 곳으로 가보고 싶다는 의견에 나도 찬성했다. 밤에 하는 불꽃놀이도 너무나 기대가 되었다. 우리는 각자 흩어졌다. 나와 영찬이는 같은 길로 가기 때문에 같이 가고 있는데 그때 선배님이 나를 불러 세웠다. 급하게 뛰어오시며 숨이 차시는지 양쪽 무릎을 짚으시고는 다시 나를 보셨다.

"얘기할 게 있어서. 번호 좀 줄 수 있을까?"

"아! 네."

선배님의 휴대폰을 받아 번호를 입력하였다. 내 번호를 받으시자마자 전화를 거셨다. 내 주머니에서 벨소리가 울렸다. 주머니에 있던 휴대폰을 꺼내 화면을 보여드렸다.

"그거 내 번호야. 이따 연락할게."

그렇게 선배님은 빠르게 가셨다. 영찬이는 이 상황이 어이없는 듯했다.

"당연히 네 번호로 전화 걸었는데 뜨는 번호가 자기 번호겠지. 다른 번호겠냐고."

못마땅한 영찬이의 반응이 선배님이 번호를 물어본 것보다 더 의아하게 받아들여졌다.

걷는 길에 긴 다리를 지나야 하는데 오늘따라 다리 및 강이 햇빛을 머금으니 더 예뻐 보였다. 나는 감탄을 하며 구경하기 바빴다. 정신이 팔린 와중에 사진이 찍히는 소리가 들려 영찬이를 바라보니 찍은 사진을 보여주었다. 사진이 꽤 잘 나와 바로 인스타에 올려도 손색없을 정도였다. 우리는 서로 사진을 찍고 공유해주며 지루함 없이 다리를 건넜다. 집에 돌아오자마자 바로 침대에 누웠다. 몸이 편안하니 잠이 솔솔 왔다. 졸린 눈을 강제로 떠서 아까 영찬이가 찍어준 사진을 인스타에 업로드하고 메신저 프로필에도 등록해 놓고 잠들었다. 시원한 바람에 몸이 차가워져 눈이 떠졌다. 비몽사몽인 정신에도 먼저 휴대폰을 집어 들었다. 휴대폰을 켜보니 인스타 알림이 엄청 많이 와 있었다.

'헐. 누가 찍어준 거야?'

'너무 예쁘다.'

다들 나를 칭찬했다. 좋아요도 평소 게시물 좋아요 보다 2배
는 더 받았다. 얼떨떨한 마음이었다. 메신저 알람을 보니 현
우 선배님에게 문자가 와있었다.

'사진 예쁘다. 영찬이가 찍어 준 건가?'

'아, 네.'

선배님과 사적 연락을 하니 오묘한 기분이 들었다. 선배님은
그 뒤로도 사소한 이야기로 먼저 연락하셨다. 나는 그저 같은
동아리 후배와 친해지고 싶은 거로 생각했다.

 여유로운 주말이다. 무거운 몸을 일으켜 집과 가까운 서점에
들렀다. 서점이라고 해봤자 작은 만화방 느낌에 훨씬 가까웠
다. 문이 뻑뻑해서 힘을 들여 철문을 열고 구석 깊은 곳으로
책을 구경했다. 유명한 책이라도 있을까 싶어서 이리저리 둘
러보았지만, 그마저도 없었다. 그러다 바닥에 떨어진 책 한
권을 밟고 넘어질 뻔한 걸 겨우 중심을 잡았다. 나는 순간 신
경질적으로 책을 집었다. 오묘하게 끌리는 느낌에 조심스레
책을 열었다. 그 책 속에는 줄이 낡고 보라색으로 반짝거리는
원석이 달린 목걸이가 있었다. 나는 홀린 듯이 그 책을 가지
고 계산대로 갔다. 계산대는 80세 중반으로 보이는 할머니가
계셨는데 내가 책을 사겠다고 내려놓자, 대충 쓱 훑어보시고
는 가격을 얘기하셨다. 관심이 없으신 느낌에 나는 얼른 책값

을 지불하고 나왔다. 집에 돌아와 목걸이의 체인을 열어 원석을 빼고 새로운 체인에 다시 걸었다. 착용해보니 그 원석은 더욱더 밝아진 것 같은 느낌이었다. 그리고 목걸이가 있던 책 페이지를 한 글자씩 또박또박 읽었다.

「이 책을 읽는 자. 불행이 올 것이다. 하지만 두려워하지 마라. 악(惡) 앞에는 항상 선(善)이 따를 테니, 당신이 상상하지도 못할 쾌락이 찾아온다. 처음 그 쾌락으로부터 익숙해지면 안 된다. 가장 행복할 때 빠져나와야 한다. 451페이지의 규칙을 지키지 않는다면, 당신의 원하는 쾌락은 깊고 진하다가 당신에게 악독한 악을 가져다줄 것이다.」

책에는 무시무시한 글이 쓰여 있었다. 내가 지금 차고 있는 목걸이의 그림도 옆에 그려져 있었다. 나는 혹시나 하는 마음에 451페이지를 찾으려고 하는데, 이 책은 451페이지가 나올 정도로 두껍지 않았다. 맨눈으로 보기에 50장 정도 되는 정말 작은 책이었다. 이런 작은 책에 451페이지는 전혀 어울리지 않았다. 그래도 맨 뒷장을 열어 장수를 확인해 보니 62장이 마지막이고 그 옆에 누군가가 거칠게 뜯어 남은 종이가 보였다. 나는 누군가가 장난을 치는 것으로 생각해 대수롭지 않게 여겼다. 이 목걸이를 차고 난 뒤, 내 세상은 조금 달라졌다. 모두 내 목걸이를 보고 극찬을 했다. 내가 그 목걸이에 홀려

버린 것처럼. 거울 속에 보이는 내 모습도 평소보다 더 예뻐 보였다. 그러다가 길을 걷는데 정신이 번쩍 들었다.

'정신이 이상해진 것 같아.' 당장 이 목걸이를 끊어 버리려고 내 방 가지런히 정리되어있는 책상이 필기구가 널브러질 정도로 어지럽혀 가위를 꺼냈다. 그리고 잘 잘리지도 않은 체인을 몇 번 자른 끝에 힘없이 툭 하고 끊어져 버렸다. 그제야 시끄러웠던 주변은 정적이 되었고, 온몸에 소름이 끼쳤다. 그날 잠이 들었는데, 어떤 예쁜 여자가 내 앞에 나타났다. 뭐라고 했더라.

「겁내지 마. 이 목걸이는 너를 최고로 만들어 줄 거야.」
처음에 난 믿지 않았다. 내가 생각해도 난 미쳐버린 것 같았다. 그 여자가 앞에 있으니깐 머리가 빙빙 도는 느낌이었다.
「넌 그럴 자격이 있으니깐. 이젠 눈치 보지 마.」
내가? 정말 그래도 될까? 헛된 꿈이라도 좋았다. 이번엔 정말로 내가 원하는 데로 살아보고 싶은 욕심이 생겼다. 곧바로 일어나 다시 목걸이의 체인을 바꾸고 목에 걸었다. 겁내지 말자. 그 어떤 것이라도.

그 여자가 내 꿈에 나타나 나를 새롭게 바꿔준 그날 밤 후로 나는 내 바다를 마음대로 컨트롤할 수 있게 되었다. 내가 들어가고 싶으면 들어갈 수 있고, 나가고 싶으면 나갈 수 있었다. 공허하고 빈 내 바다는 멋진 바다가 되어있었다. 내가 원하는 바다는 이 풍경 그대로였다. 지난날들의 내 바다는 차갑고 형편없었다.

"기분 좋다."

오늘도 내 바다에 머물며 즐거운 여가를 보냈다. 모래에 앉아 있으니, 모든 근심이 사라지는 느낌이 들었다.

"안녕?"

누군가가 나에게 인사를 건넸다. 그쪽을 쳐다보자, 햇빛이 너무 세서 눈을 제대로 뜰 수가 없었다. 나는 눈을 강제로 뜨려고 노력하며 자연스럽게 인사를 했다. 그 애는 내 옆에 앉았다. 그제야 모습을 볼 수 있었다. 아담한 키에 너무나도 예쁜 외모였다.

"난 설희야."

이름을 불러주는 순간에 시원한 바람이 불어왔다. 직감적으로 실제 사람이 아니라는 것을 느낄 수 있었다. 설희는 나와 친해지고 싶다고 수줍게 웃었다. 마침 바다에 혼자라서 좋다고 했다. 설희는 내 목걸이를 가리키며 말했다.

"예쁘다. 나도 보라색 좋아하는데."

"고마워."

순식간에 우리는 마치 어렸을 때부터 친해진 친구처럼 가까워졌다. 그 애를 보면 나는 저절로 웃음이 지어진다. 심적으로 편안해지기 때문이다. 우리는 한참 얘기를 주고받았다.

"아 참. 너 겨울이 알지?"

"응. 근데 네가 겨울이를 어떻게 알아?"

"겨울이가 너에게 이 목걸이를 전달해 달라고 했어."

감동이었다. 겨울이랑 나는 현실 세계에서 얘기해 본 적도 없는데, 나를 생각해주는 마음씨에 금방이라도 눈물이 흐를 것 같았다. 그런 내 모습을 눈치챘는지 설희는 내 어깨를 토닥여 주었다. 설희도, 겨울이도 모두에게 고마운 이 순간이다. 이제 슬슬 바다에서 나와야 한다. 나는 아쉬운 마음으로 설희에게 작별 인사를 했다. 설희는 손을 흔들며 다음에 또 보자고 했다. 아침이 밝아오자 아무런 일도 없었다는 듯 학교 갈 준비를 했다.

학교가 끝나고 동아리실로 향했다. 이제 캠핑 가는 날이 일주일 남은 시점에서 모두 열심히 각자 역할에 충실했다. 나도 캠핑 때 필요한 준비물을 꼼꼼히 체크리스트를 써가며 계획했다. 동아리 활동 시간은 총 2시간인데, 동아리 활동이 재밌어서 그런지 시간이 빠르게 흘렀다. 모두 동아리가 끝나자, 동아리실을 나갔다. 오늘 작성한 체크리스트를 챙기고 나가려는데 현우 선배가 나에게 말을 걸었다.

"정말 열심히 하네."

"에이. 아니에요. 다들 열심히 하시는데요 뭐.."

간단한 답변을 하고 동아리실을 나갔다. 모든 짐을 다 챙기고 정문을 나가려는데 영찬이가 대뜸 내 앞을 막았다.

"오늘 바다로 와."

"왜?"

"할 얘기가 있어."

"지금 해."

영찬이는 곤란하다는 듯 머리를 긁적거린다. 그리고 작게 숨을 뱉었다. 나는 영찬이를 바라보기만 했다. 그런 행동에 영찬이는 화가 났는지 조금 짜증 난 말투로 말했다.

"그냥 와."

그리고 제 갈 길을 갔다. 나는 어이없어하며 집으로 향했다. 오랜만에 작은 서랍에 넣어놨던 팔찌를 꺼내 손목에 찼다.

찰랑이는 느낌. 한동안 잊고 있었다. 이제는 익숙해져서 침대에서 일어나는 것처럼 자연스럽게 일어났다. 저 뒤에서 퐁당거리는 소리가 나서 뒤를 돌아보니 영찬이가 다가오고 있었다. 우리는 차갑고 찰랑이는 물에 앉았다. 영찬이는 숨을 고른 뒤 말하기를 망설였다. 기다리기 지친 나는 먼저 운을 뗐다.

"할 말이 뭔데?"

"그 선배랑 연락 안 하면 안 되냐?"

"왜?"

"그 선배 이상해."

"난 네가 더 이상한 것 같은데."

무슨 근거로 선배를 이상한 사람으로 만드는지 정확하게 얘기해 주지 않는다. 그때랑 똑같다. 내가 몇 차례 물어봐서 어쩔수 없이 말한 겨울이 얘기도. 이제 너에게 이야기를 듣기 위해 기다리는 것에 지쳐버렸나 보다. 속으로 이 꿈에서 나가고 싶어도 목걸이를 빼놓고 자서 마음대로 나가지 못한다는 것이 답답했다. 차라리 눈을 감고 있으면 낫지 않을까 생각해서 눈을 감았다.

「곧 너에게 큰 행운이 올 거야.」

나른한 목소리에 눈이 저절로 떠진다. 온통 보랏빛으로 물든 곳에 나는 서 있었다. 바닷물도 보랏빛으로 빛나고 있었다.

「소원이 있니? 그 어떤 것이든 이루어질 거야.」

나는 대답할 수 없었다. 누가 내 입을 꿰맨 듯 입술이 움직이지 않았다. 왠지 바다에 있을 때보다 이곳이 편안했다. 정갈해진 마음으로 소원을 빌었다.

'진정한 사랑을 하게 해주세요.'

그리고 잠에서 깼다. 너무 적막한 방 분위기에 나는 멍하니 그 꿈을 곱씹으려 애쓰고 있다.

또다시 바다에 온 것이 살짝 후회된다. 서연이를 좋아하니까 질투심에 그런 것 같다. 하지만 지금은 서연이한테 나는 아무것도 아니다. 그저 같은 동아리 부원, 같은 학교 친구일 뿐인거다. 현우 선배와 연락하지 말라고 홧김에 말하긴 했지만, 내가 그런 말 할 자격이 없는 건 사실이다. 공허하다.

널 향한 마음에 행동하는 것들을 절제하고 싶지만, 매번 실패

한다. 아마도 너는 눈치챘을 것 같다. 너는 잘난 사람이니까. 잘난 사람과 어울린다. 나 같이 능력도 없는 사람이 완벽한 사람을 원하는 게 이기적인 마음일까? 오늘도 어둠 속에서 생각하며 잠을 이루지 못했다. 그리고 매일 밤을 울었다.

 네가 이것만은 알아줬으면 좋겠어. 서연아. 난 너를 좋아하면서 매일 밤을 울었다고. 단순히 설레하며 좋아한 것만이 아니라고. 너를 좋아할 때 가벼운 마음은 단 한 순간도 없었다고. 아마 너는 나에게 관심도 없겠지만. 언젠가는 내 진심을 전하고 싶어. 일주일 동안 생각해 보니 우리 다음 주에 자연 동아리에서 캠핑 갈 때 그때 내 마음을 전하기로 조금만 기다려줄래? 들어만 줘.

 요즘 널 보면 너무 짜증이나. 별 예쁘지도 않은 어린애한테 빠져서는 말이야. 너 그거 아니? 온종일 그 애 얘기만 하는 거. 이제 받아주기도 지쳤어. 널 5년째 짝사랑하고 있는 내 맘도 모르고 허구한 날 그 애 생각만 하는 거. 그래, 이기적으로 네 머릿속에 나만 있었으면 좋겠어. 주변에서도 내 외모를 칭찬하는데, 너랑 내가 잘 어울린다는 얘기가 차고도 넘치는데, 넌 신경 쓰지도 않더라. 그 바보 같은 배려 나한테만 해줬으면 좋겠어. 고현우 정신 차려. 하서연 그 앤 정말 별로니까.

"와 오늘 지아 완전 예쁘다."

"그러게 와 나도 저 얼굴이었으면..!"

평소 같았어. 내가 화장을 조금 더 진하게 하고 간 날들은 주변에서 내가 더 예뻐졌다고 칭찬했으니까. 그리고 다들 나를 현우 거라고 자기들끼리 부르고 다니잖아. 솔직히 말하면 싫진 않았지. 정말 넌 내 것이 될 것만 같았거든. 그런데 일주일 전부턴가 2학년에 정말 예쁘다는 애가 있다는 거야. 서연이랬나? 걔가 네가 만든 자연 동아리에 들어왔더라. 그런데 있지, 서연이는 그렇게 예쁘지 않았어. 다들 눈이 이상한 건가 봐. 난 안심했어. 네가 반하지 않을 거라고 확신했기 때문이야. 하지만 며칠 전부터 넌 그 애 얘기를 하기 시작했어. 난 걔랑 같은 여자이니까 도와달라고 했지. 나 참 기가 막혀서. 내가 더 싫은 부분이 뭔지 알아? 네가 걔를 좋아해서? 아니. 네가 못생긴 애를 좋아한다는 거야. 솔직히 넌 멋지잖아. 다들 너와 만나고 싶을 정도로. 그런 애가 눈이 낮다는 게 더 싫다는 거야. 내가 못 봤을 거로 생각한 그 날이 생각나. 카페에서 회의를 끝내고 네가 서연이의 번호를 물어본 날. 그날 난 눈이 퉁퉁 붓도록 울며 방에 박혀있었어. 내가 걔보다 부족한 게 없는데. 난 결심했어. 동아리에서 캠핑가는 날 나는 너에게 고백할 거라고.

내일 캠핑 갈 생각에 가슴이 두근거렸다. 간질간질한 기분에 쉽사리 잠이 들지 않았다. 그래도 정신 차리며 스텐드 전등을 끄고 억지로 눈을 감았다. 이불 속에 온기에 어느샌가 잠이 들었다. 아침 일찍 알람이 울렸다. 비몽사몽인 정신으로 알람을 끄고 짐을 바리바리 챙겼다. 학교에 도착하자마자 부원들이 나를 맞이 해주었다. 내 짐이 무거워 보였는지 현우 선배님이 짐을 들어 주었다. 자연 동아리 담당 선생님과 별빛 해변으로 향했다. 창문을 통해 들어오는 시원한 바람에 얼굴은 금방 차가워졌다. 차 안은 각자의 이야기로 시끌벅적했다. 쿵쾅거리는 신나는 음악은 내 마음도 쿵쾅거리게 했다. 시끄러운 분위기 속에서도 졸음이 몰려왔다. 사실은 내 옆자리가 영찬이라 딱히 주고받을 말이 없기 때문이기도 하고 일찍 일어난 탓이기도 했다. 잠이 스르륵 들었다. 시원한 바다가 내 눈앞에 있었다. 신나는 마음에 바다로 달려갔다.

"서연아!"

얕은 물에 서 있는 설희를 발견했다. 반가운 마음에 손을 흔들었다. 설희에게 다가가자, 신이 나 흥분이 되어있는 모습이었다.

"와 진짜 재미있다!"

"뭐가?"

"네 부원들. 지금 완전 신나."

아무래도 설희는 내 현실 세계를 볼 수 있나 보다. 다들 재밌게 즐기고 있는데 그중 나는 한마디도 못 한 게 아쉬운 마음이 들었다. 그래서 황급히 바다에서 나가려고 했다.

"서연아. 잘 선택해야 해."

"어? 그게 무슨 뜻이야."

"내 말 명심해."

 덜컹거리는 진동을 느끼며 눈을 살며시 뜨자 누군가가 나에게 외투를 덮어주었다. 어리둥절하며 뒷좌석도 돌아보며 찾으려 했지만 다들 지쳤는지 자기 바빴다. 혼자 창밖을 보며 지나가는 풍경을 구경했다. 휴게소에 도착하자 한 명 두 명씩 화장실을 가거나 먹을 것을 사 온다고 차에서 내렸다. 나와 영찬이만 남아있었는데 나도 화장실을 가려고 외투를 치웠다.

"너 자는 동안 목걸이가 빛나더라. 조심해야 할 것 같아."

"진짜..?"

고맙다고 전하고 화장실을 갔다 나오는데 현우 선배님이 다가오셨다. 누가 봐도 냉장고에서 막 꺼내 온 생수병이었다.

"마실래?"

"아, 감사합니다."

선배님이 주신 물을 한 모금을 마시니 정신을 차릴 수 있었다. 다시 차에 탄 부원들은 신나는 노래를 부르며 분위기를 띄웠다. 이번에는 나도 그 분위기를 즐겼다. 부원들은 평소에 내 모습과 다르다며 더욱 신이 났다. 이런 공동체에 속해있는 것이 너무 즐겁고 자연 동아리에 가입하기를 잘한 것 같다. 그렇게 1시간을 더 달려 드디어 해변에 도착했다. 캠핑장에 도착해 짐을 옮기고 해변으로 향했다. 그곳에서 부원들은 지치지도 않는지 물장난을 치며 놀았다. 나는 한쪽에서 조용히 부원들의 모습을 카메라에 담았다. 그때 옆에 불쑥 나타난 현우 선배님에 깜짝 놀랄 것도 잠시 선배님은 내 어깨를 붙잡고 바다로 이끌었다. 내 손에 있던 카메라를 가져가더니 대뜸 포즈를 취하라고 하셨다. 나는 어색한 마음에 괜찮다고 했지만 끝내 포즈를 취했다. 찍고, 놀다 보니 벌써 저녁이 되었다.

"얘들아. 고기 먹자!"

부원들과 나는 캠핑장으로 돌아갔다. 다들 바비큐를 분주하게 준비했다. 나는 수돗가에 가서 채소를 씻어 바구니에 담고 그릴장으로 갔다. 현우 선배님은 숯불에 불을 피우고 있었다. 뜨거운 열기에 땀을 흘리고 계셨다.

"선배님 많이 더우시죠?"

뜨거워서 힘들 텐데도 미소를 잃지 않았다. 때론 계속 미소를 짓는 모습이 조금은 힘겹겠다는 생각이 들었다.

"아니야. 괜찮아. 채소 씻은 거 식탁에 두면 돼."

식탁에 채소를 두고 다른 부원들을 도와주러 갔다. 마침 지아 선배님이 무거운 짐을 들고 계셔서 같이 들어드리려고 다가갔다.

"제가 도와드릴게요."

"정말? 그래 줄래? 미안한데 나 어디 좀 가야 해서 그릴장으로 옮겨주라."

지아 선배님은 밝은 표정과 목소리로 나에게 무거운 짐을 맡기시고 어디론가 가버리셨다. 선배님과 나눠 들 생각이었지만 어쩔 수 없이 혼자 들어야 했다. 어찌저찌 짐을 그릴장 문 앞에 끌고 왔다. 현우 선배님은 힘들어하는 내 모습을 보셨는지 밖으로 나왔다.

"이거 지아랑 현석이 시켰는데, 왜 네가 들고 왔어?"

"도와드리려고 했는데 어디 가셔야 한다고 하셔서.. 현석이는 모르겠어요.”
마지막 힘을 모아서 짐을 들어 식탁으로 옮기고 있었는데 발이 꼬여 넘어지고 말았다. 아픈 것보다 이리저리 떨어져 있는 짐들을 모아야겠다는 생각뿐이었다. 선배님도 같이 주워주셨다. 큰소리에 부원들이 하나둘씩 달려와 나를 걱정했다. 나는 괜찮다고 계속 말하며 정리했다. 현우 선배님은 구석진 곳으로 가서 휴대폰을 꺼내 어디론가 전화하셨다. 조금 화나는 목소리로 빨리 그릴장으로 오라고 하셨다. 시간이 지나고 지아 선배님이 해맑은 목소리로 달려왔다.
“현우야 나 왔어!”
모두 아무 말 없이 지아 선배님을 바라보았다. 선배님은 싸한 분위기를 느꼈는지 차분해졌다. 현우 선배님은 화가 난 목소리로 지아 선배님에게 다가가며 말했다.
“현석이랑 옮기라 했는데 왜 서연이에게 다 떠맡긴 거야? 너 때문에 서연이가 다쳤잖아.”
“뭐? 떠맡긴 거 아니야. 자기가 옮긴다고 했어.”
“아니. 서연이는 도와준다고 했지, 대신해준다고는 안 했어.”
“재가 그렇게 말했다고? 하서연 말해봐. 네가 대신해준다고 그랬잖아.”
선배님이 나에게 질문하자 지아 선배님에게 향한 시선이 일제히 나로 바뀌었다. 나는 순간 무서워졌다. 어떤 말을 해야 할지 머릿속이 새하얘졌다. 모두 즐겁게 놀러 온 자리에서 소란을 일으키고 싶지 않았다. 눈물이 차오르지만 애써 참았다.
“제가 잘못 이해했나 봐요. 잘 모르고 얘기해서 괜히 소란만 일으켰네요. 죄송합니다.”

“그것 봐, 대신해준다고 했다고.”

그제야 당당해진 지아 선배님은 목소리가 높아졌다. 현우 선배님은 떨떠름한 표정으로 부원들에게 얼른 준비 하자고 말했다. 다들 눈치만 보다가 한 명 두 명씩 다시 자기가 맡은 할 일을 하러 갔다. 아직도 내 눈에는 눈물이 고여있어 행여나 눈물을 흘리는 것을 누군가가 볼까 봐 화장실로 향했다.

“지아야. 정말 네 말이 맞아? 아무도 믿지 않은 것 같던데.”

“미안.. 내가 너무 무섭고, 당황해서 잠시 미쳤었나봐.. 당장 서연이한테 가서 사과할게.”

 화장실에서 눈물을 닦고 세수를 했다. 다행히도 운 티가 나지 않았다. 화장실에 나오자 부원 중 채린이와 하람이가 나에게 와서 자신들이 아까 내가 지아 선배님에게 도와주겠다고 한 상황을 봤다고 내가 다친 곳은 괜찮은지 물어봐 주었다. 나는 고마운 마음이 들었다. 그때 지아 선배님이 나에게로 조심히 다가왔다.

“서연아 미안. 아까는 내가 너무 무서워서 널 몰아세웠어. 사과할게.”

“괜찮아요.”

“고마워. 잠깐 산책할래?”

선배님과 같이 산책하러 마당으로 나왔다. 선배님은 두리번거리더니 움직이던 발을 멈췄다. 나도 따라서 멈췄다.

“너 바보야? ‘제가 잘못 이해했나 봐요.’ 진짜 웃기네.”

아무런 말도 할 수 없었다. 진심으로 한 사과가 아니라 보여주기식으로 한 사과를 받아준 것이 너무나도 후회했다.

"하…. 그렇게 착한 척해서 현우가 넘어갔네. 진짜 너 재수 없다."

마지막 말을 끝내고 선배님은 그릴장으로 걸어갔다. 나는 바보처럼 그 자리에 가만히 서 있었다. 시간이 얼마나 지났는지도 모르겠다. 그릴장으로 갈 마음이 사라졌다. 나는 그곳을 한 번 쳐다보고 아까 그 해변으로 갔다. 울적한 마음에 하염없이 밤바다를 보았다. 차갑게 식은 모래에 부드러운 촉감. 시원하게 불어오는 바람. 어느샌가 눈물이 고여 뺨을 타고 흘러내리기 시작했다.

"왜 여기 있냐. 안 배고파?"

고인 눈물이 일렁거려 앞이 잘 보인다. 그러나 목소리를 듣고도 누군지 알 수 있었다.

"송영찬 여기 어떻게 왔어?"

"그냥 여기 있을 것 같았어."

영찬이는 내 옆에 앉았다. 한동안 아무런 말도 없이 앉아 바다를 구경했다. 불편하지 않았다. 오히려 이 분위기가 너무나도 좋았다. 들려오는 바닷소리가 나를 이끌어 평온한 곳으로 데리고 온 것 같다. 옆에서 부스럭대는 소리가 들렸다.

"이거 받아."

영찬이가 나에게 내민 것 불꽃 스틱이었다. 보고만 있자 강제로 내 손에 쥐여주었다. 자기도 하나 쥐고는 성냥에 불을 붙여 나와 자기의 불꽃 스틱에 불을 붙였다. 순간 예쁘게 불꽃이 생겼다. 나는 너무나 예쁜 불꽃에 표정이 밝아졌다.

"나 사진 찍어줘!"

내가 카메라를 영찬이에게 주고 뒤로 뛰어가 자연스럽게 포즈를 지었다. 평소 영찬이와 다르게 아무런 말도 안 하고 사진을 찍어주었다.

"나 생각해 봤어."

영찬이가 카메라를 눈에서 뗀 뒤 나에게 큰 소리로 말했다. 무엇을 생각했는지 궁금했다. 나도 영찬이처럼 큰 목소리로 물어봤다.

"뭘?"

영찬이는 숨을 골랐다. 아쭈 짧은 순간이었지만 그 순간 어째서인지 느리게 느껴졌다. 그러고는 다시 나에게 큰 소리로 말했다.

"이제는 좋아하는 것에 망설이지 않으려고. 좋아해. 서연아."

불꽃이 사라졌다. 밝았다가 어두워지니 시야가 더욱 캄캄해졌다. 나는 무슨 상황인지 파악하려고 애썼다. 앞이 캄캄하니 내 머릿속도 캄캄했다. 바로 그 순간 내 앞에 작은 불꽃이 생겼다. 영찬이가 금세 가까이 내 앞으로 와서 성냥에 불을 붙인 거였다. 꽤 주변이 밝아졌다. 나는 영찬이를 바라보았다.

"너는 어떻게 생각해?"

나는 어떤 말을 해야 할지 고민했다.

"대답 안 해줄 거야? 나 뜨거운데."

그 말에 영찬이의 손을 보니 성냥이 아래쪽까지 타서 불씨가 손가락에 닿기 전이었다. 결국 손가락에 닿기 전에 모래에 떨

구자, 불씨가 사라졌다. 영찬이의 용기에 아무런 대답을 하지 않은 것에 대해 나 자신에게 실망했다. 그제야 복잡했던 생각들이 분명해졌다. 나는 다짐을 하고 아침에 긴급 상황에 대비해 나누어 주었던 성냥을 꺼냈다. 그리고 불을 붙였다. 영찬이가 꽤 놀란 표정이었다. 더 이상 가만히 생각만 하고 싶지 않았다. 분명하지 않은 대답으로 혼란을 주고 싶지 않았다. 조금 긴장되지만 서툴고 거칠진 몰라도 이번만큼은 내 진심을 말하고 싶다. 불꽃도 분위기에 맞게 환하게 빛났다. 나는 옛날부터 불꽃이 좋았다. 언제든 환하게 빛나는 모습이 아름다웠기 때문이다. 아까 네가 나에게 고백하기 전에 안 보이는 시야 속에서도 조그맣게 짓던 네 웃음은 너무나도 빛났다. 너의 환한 미소를 이젠 옆에서 보고 싶어졌다.

"나도 좋아."

"나 너 좋아해."

담백하고 확실한 말이다. 너무나도 솔직하고 보탬이 없는 말. 왜냐하면 나는 보탬이 없어도 확신할 수 있다. 네가 내 고백을 받을 것이라고.
"고현우. 나 너 좋아해."
한참을 고민하는 현우에 모습에 살짝 답답했다. 고민할 게 뭐가 있는지. 너에게 확신을 주지 않은 것 같아서 나는 현우의 손을 잡았다. 현우는 내 손을 뿌리쳤다. 현우의 평소와 다른 모습에도 나는 당황하지 않았다.

"걔네가 사귀어서 그런 거지? 뭘 미련을 가져. 내가 있는데."

"뭐? 넌 원래 좋아하는 사람에게 이렇게 고백하니?"

걔한테 미련을 가지는 모습이 이해가 가질 않는다. 어젯밤 나는 현우와 같이 바닷가에 갔다. 원래는 그때 고백하려고 했다. 하지만 고맙게도 영찬이가 서연이에게 고백하는 장면을 우리 둘은 조용히 바라보았다. 안 그래도 현우가 서연이를 좋아한다는 게 너무 싫었다. 서연이는 그런 영찬이의 고백을 받았을 때 현우는 아무런 말도 하지 않았다. 나는 속으로 너무나도 기뻐했다.

"아니, 너니깐 이러지."

"지아야. 이건 고백이 아니야. 너 이런 모습 볼 때마다 더 싫어져."

그러고는 현우는 캠핑장으로 돌아갔다. 나는 홀로 남겨졌다. 이제 내 옆에는 현우가 없다는 사실에 눈물이 차올랐다. 내 고백을 거절한 것도, 다 서연이 걔 때문이다. 나는 분노가 차올라서 다짜고짜 서연이를 찾아갔다. 그 애의 얼굴을 보니 더욱 화가 치밀어 올랐다.

"너도 참 웃기다. 현우랑 연락까지 했으면서 영찬이랑 사귀는 건 뭐야?"

또 불쌍한 척이다. 저 표정을 볼 때마다 나는 점점 제어력이 없어지는 걸 느낀다. 나를 이상하게 보든지 말든지 아무래도 상관없었다.

"전 현우 선배님과 필요한 연락만 했어요."

"필요한 연락 뭐? 보나 마나 만나자는 연락 아니야?"

분위기는 멈출 줄을 모르고 과열이 심해진다. 모두 이 상황에서 어떻게 해야 할지 모른다.

"지아야 그만해. 미안해 서연아. 놀랐지?"

현우는 서연이의 어깨를 토닥이며 진정시켜주었다. 그 모습에 나는 서러워졌다. 현우는 나를 데리고 밖으로 나왔다. 근처 벤치에 우리는 나란히 앉았다. 나는 아무런 말을 꺼내지 않았다. 마음이 진정되니 정신은 멍해졌다. 현우도 아무런 말도 하지 않았다. 미안한 마음이 몰려왔다. 울컥해지며 나는 눈물을 쏟아냈다. 조용히 주머니 속에 휴지를 꺼내 나에게 건네주었다. 그때 깨달았다. 맞다. 나는 이런 모습에 현우를 좋아한 것이다. 내가 어떤 모습이든 묵묵히 옆에 있어 준 것. 힘이 되어주는 것. 그런 모습에 나는 현우를 좋아한 것이다.

"미안해."

내가 지금 너에게 건넬 수 있는 최소한의 3글자. 나는 지금까지 어떻게 하고 싶었을까. 너무나도 후회된다. 서연이를 몰아간 것도, 부원들 앞에서 소리친 것도 전부 다 돌이킬 수 없다는 것을 알면서도 그 순간에 돌아가게 해달라고 빌고 또 빌었다.

"지아야. 생각해 봤는데, 너와 친구 사이도 하고 싶지 않아."

현우의 말에 많이 놀랐지만, 현우가 왜 그런 선택을 했는지 이해가 된다. 지금 네가 무슨 선택을 하든 나는 받아들여야 한다. 나는 좋아하는 사람에게 상처를 준 사람이니까.

너무 행복하다. 나에게 특별한 사람이 곁에 있다는 게 믿기지 않는다. 이제 캠핑의 마지막이라는 사실에 우리 둘은 아쉬워했다.

"서연아 잠깐 와 볼래?"

"아 네!"

현우 선배님이 밝은 목소리로 나를 불렀다. 선배님은 입술에 검지손가락을 갖다 대며 조용히 하라는 표시를 한 뒤 주먹을 쥔 손을 펴서 나에게 무언가를 보여주었다. 바로 내 목걸이였다. 왜 목걸이가 선배님께 있는지 모르겠다.

"네가 넘어졌을 때 떨어진 거 주웠어."

"아 정말 감사합니다."

너무 감사한 마음이 들었다. 목걸이는 반짝이고 있어서 목에 걸고 마당 벤치에 앉았다. 나는 곧바로 바다에 들어갔다.

"설희야!"

오랜만에 보는 설희는 더욱 예뻤다. 설희는 나를 보고 반갑게 맞이해 주었다. 내 바다도 여전히 평화로워 보였다.

"어제, 네 바다에 누가 왔었어."

"누구?"

"고현우."

네가 목걸이를 잃어버린 그날 밤 현우가 너의 바다에 왔어. 신기한 듯 주위를 둘러보았지. 그러다 나와 마주쳤어. 현우는 당황했지만 우린 서로 무언갈 느낄 수 있었어. 그 애는 네가 왜 좋은지, 네가 남자친구 생긴 일까지 말하더라.

"설희야 우리 다시 만나는 일이 있을까?"

"기회 되면 다음에 만나자. 현우야."

네 바다에 그 애의 색소가 풀어져 일렁일렁 물결에 따라 흘러 갔어. 다행인 게 뭔지 알아? 네가 가장 행복할 때 떠난 것. 네가 목걸이를 차고 있었다면 큰일이 났을 거야. 이제 우리 헤어질 때가 됐다. 우린 이제 더 이상 서로 만나면 안 돼. 그때 노이즈가 귀를 시끄럽게 헤집어 놓는다. 또 그 바다에 왔다.

"더는 바다에 오지 않을 거예요."

"정말이니? 내가 널 좀 더 행복하게 해줄 수 있어."

그 사람의 말을 무시하고 눈을 감았다. 결심했다. 속으로 셋까지 세고 눈을 떴다. 너의 바다는 정말 오랜만이다. 이번에는 조금 더 다정한 너였다. 처음에는 이곳이 어색했었는데, 이제는 아무렇지도 않다. 활짝 웃는 너의 얼굴을 보며 안심이 되었다.

"아직 그대로네."

"뭐가?"

영찬이는 내 말에 의아해했다. 정말 우리가 이렇게 됐는데도 그대로라니. 하긴. 너의 과거들을 바꾸려면 얼마나 노력해야 할까. 이 목걸이를 준 겨울이에게 고마운 마음이 들었다.

'겨울아 네가 왜 나에게 이 목걸이를 줬는지 깨달았어.'

그리고 난 결심했어. 이젠 이런 바다에 머무르지 않을 거라고. 항상 감정의 바다에 휩쓸려 힘들었어. 결국 451페이지를 찾지 못했지만, 이 바다를 끊을 방법을 알아냈어. 나는 왜 몰랐을까? 저 끝까지 가볼 생각을 하지 못했을까? 항상 같은 곳에 머물렀다. 이제는 나아가고 싶다. 용기를 한 모금 머금고 천천히 앞으로 나아갔다. 발목에 찰랑거리던 물은 어느새 허리까지 왔다. 분명 영찬이가 뭐라고 하는 것 같은데 잘 들리지 않는다. 두근거리지도 않고 흥분되지도 않았다. 원래 했던 것처럼 태연하게 걸어가 목까지 물이 차오를 때 나는 영찬이를 바라보았다. 마지막으로 환하게 웃었다. 이제 발이 땅에 닿지 않는다. 공포심이 들지 않았다. 너무나도 편안하다. 바닷속 둥둥 떠다니는 종이배처럼.

'너의 바다는 정말 차갑다.'

 이제야 나와 영찬이는 바다를 끊을 수 있게 되었다. 때로는 바닷속에 잠긴 기분이 들어도 더 이상 그곳에 가지 않기로 약속했다. 조금 더 머물고 싶었지만, 언제까지나 바다에 있을 수 없다. 내 내면은 그리 형편없었다고 생각하니 서글퍼지긴 하지만, 영찬이가 그런 내 내면을 형편없다고 생각하지 않고 오히려 바꾸어 주었다. 내 바다에 와줘서 고마웠다. 다시는 이런 시간이 돌아오지 않는다.

다시는 홀로 바다에 잠기진 말자. 네가 바다에 잠기고 싶은 순간이 오면 나는 망설임 없이 차가운 네 바다에 뛰어들 수 있어. 너의 바다는 언제나 외로운 곳이니까. 네가 나의 바다를 따뜻하게 만들어 준 것처럼 나도 너의 바다를 따뜻하게 만들어 줄게.

"서연아. 이제 끝났어."

나를 깨우는 목소리에 슬며시 잠에서 일어났다. 이번엔 현우 선배님이 아니다. 환하게 웃고 있는 너다. 나는 기쁜 마음으로 너에게 뛰어갔다. 먼저라 할 거 없이 우리는 자연스럽게 손을 잡았다. 캠핑장으로 돌아가자 다들 나를 반겨주었다. 마지막을 장식하기 위해 해변으로 향했다. 모두 불꽃스틱을 들고 둥글게 서서 성냥에 불을 붙였다. 각각 불꽃스틱에 불을 붙이고 이 순간을 즐겼다. 아름다운 이 순간에 사랑하는 사람과 있다는 것이 너무나도 소중한 시간이었다. 나는 불꽃을 구경하고 있는 영찬이를 바라보며 말했다.

"불꽃 예쁘다."

"그러게. 좋다."

캠핑에 마지막 날이 끝마쳤다. 즐거운 파티를 열었다. 다들 웃고 즐겼다. 이런 분위기는 언제나 시끌벅적하지만, 싫지는 않았다. 지아 선배님은 잠깐 바람을 쐬러 나간다고 했다. 나는 지아 선배님을 뒤따라갔다. 꽤 차가운 공기였지만 밤 분위기에 젖어 들어갔다.

"서연아. 내가 정말 미안했어."

"전 괜찮아요."

"고마워. 반성 많이 했어. 내가 너무 어리석었어."

선배님과 나는 서로를 바라보며 미소를 지었다. 나는 주머니에서 무언가를 쥐었다. 그리고 선배님께 건넸다.

"선배님 이거 받으세요."

"이게 뭐야? 너무 예쁘다."

나는 선배님께 목걸이를 줬다. 선배님은 목걸이를 착용했다. 선배님과 나는 다시 캠핑장으로 돌아갔다.

영찬이에게는 미안하다. 나는 영찬이가 준 팔찌를 착용했다. 딱 한 번이다. 바다에 누군가를 만나기 위해 잠을 청한다.

"겨울아."

- 서연아. 너와 영찬이가 사귄다는 것을 설희에게 들었어. 정말 축하해. 너 눈치챘구나. 영찬이가 나 때문에 너무 힘들게 과거에만 묶여있었어. 그 애의 바다는 너무 차갑기만 했어. 너라면 이 모든 것을 바꿀 수 있을거라고 생각했어. 서연이 너는 규칙도 읽지 않고 바다를 끊을 방법을 알아냈을 땐 정말로 놀랐어. 지아 선배님에게 목걸이를 준 것은 너무나 많은 행복을 느껴 더 큰 불행을 느끼라고 한 게 아닌 자신의 바다를 느껴 보라는 의미지. 나도 이제 이곳에 머물지 않으려고. 나의 묵묵한 바다에 생기를 넣어주어서 고마워. 너의 바다는 너무나도 따뜻하다.

모든 게 제자리로 돌아갔다. 꿈에 수백 번 들어도 똑같은 곳이 아니다. 다행이다. 이제야 모든 게 나다워졌다. 누군가 감정의 파도를 타고 힘들어한다면 묵묵히 옆에 있어 달라고 할 것이다. 그들도 그들만의 이유로 바다에 머물러 있을 테니까.

다음의 규칙을 꼭 따라주시길 바랍니다.

1. 행복이 최대치가 되었을 때 몸에서 목걸이를 빼시길 바랍니다.

- 큰 행복은 큰 악을 가지고 오기 때문입니다.

2. 만약을 위한 바다를 끊는 방법을 알려드리겠습니다.

2-1. 바다를 끊는 방법

- 1. 자신의 바다만 끊는 방법

  : 자신의 힘든 일들을 생각하고 자각하며 도우미에게 목걸이를 돌려주십시오. 도우미가 당신의 바다를 끊어주는 것을 도와줄 것입니다.

- 2. 상대방과 자신의 바다를 끊는 방법

  : 목걸이를 소지하고 있는 사람이 상대방에 바다에 뛰어드십시오. 만약 상대방의 바다에 잠겼을 때 호흡이 매우 고통스럽다면 다시 당신의 바다로 돌아오시길 바랍니다. 또한 2주의 시간을 가지시고 다시 시도해 주시길 바랍니다.

*바다에 너무 오래 머물수록 파도가 당신을 집어삼킬 것입니다. 당신을 파도에 휩쓸리게 하지 마십시오.

작가의 말

저는 항상 감정이라는 바다에 빠져 허우적대기 일쑤였습니다. 이 책도 이런 생각에서 쓰게 되었습니다. 나의 바다에 빠져 주변 사람들에 바다를 볼 기회가 없었습니다. '너의 바다'는 처음에는 자신의 바다를 마주하는 서연이의 시선에서 과거로 인해 차갑게 변해버린 영찬이의 바다를 살펴보며 바다를 끊는 과정을 그린 글입니다. 단순한 로맨스 소설이 아닌 '감정'에 대해 글을 쓰려고 노력했습니다. 처음으로 저의 단독 책을 내게 되어 모든 게 서툴고 어려웠습니다. 하지만 제 생각과 저 만의 바다를 마주치니 이 책을 완성 시키고 싶은 마음이 컸습니다. '너의 바다' 글 안에는 제가 생활을 하며 겪었던 일에 대한 생각이나, 감정이 그대로 실려있는 부분이 많습니다. 제가 어떤 부분에서 그날 어떤 감정을 느꼈는지 고스란히 담아냈습니다. 당신의 오래되고 차가워진 바다를 끊어내고 새롭고 따뜻한 바다를 채워나갔으면 좋겠습니다.
당신의 바다는 언제나 평화롭고 따뜻하길 바라며.
- 너의 바다 마침.

너의 바다

발　행 | 2023년 10월 19일
저　자 | 조아라
펴낸이 | 한건희
펴낸곳 | 주식회사 부크크
출판사등록 | 2014.07.15.(제2014-16호)
주　소 | 서울특별시 금천구 가산디지털1로 119 SK트윈타워 A동 305호
전　화 | 1670-8316
이메일 | info@bookk.co.kr

ISBN | 979-11-410-4819-8